KB132336

나는 내 인생에 시원한 구멍을 내고 싶다 170
박판식 시집

문학동네시인선 170 박판식

나는 내 인생에 시원한 구멍을 내고 싶다

작고 둥근 후오네칼로 의자

언제 보아도 싫증나지 않는 사람을 찾고 있습니다
사람들이 가장 많이 잃어버리고
다시 구매하는 물건이 무엇인지 아십니까

지금 막
세상이 둥글다는 명상을 하다가
네모나다는 명상으로 바꾸었습니다

세 바퀴 자동차를 마지막으로 본 것은
구포국민학교 정문 앞의 문화슈퍼입니다
나는 좋아하는 여자아이의 하교를 기다리고 있습니다
아무런 장식 없는 나만의 귀한 추억입니다

시인의 말

택시 안에서 돌아보니 4기 폐암 환자인 그가
인천사랑병원 환자복을 입고
자신의 손바닥 안에다 담뱃불을 붙이고 있다
그는 지금 외로울까 후련할까
죽음을 통보받은 사람의 재담에 우리는 울다가 웃다가
꽤나 속이 쓰라렸다, 아직 살아 있는 동안에는
그가 나이롱환자인지 우리가 나이롱환자인지
모르게 되는 경이의 순간이 있다

죽었다 깨어났을 때 하는 대부분의 사람의 말은 '덤'이다

2022년 6월
박판식

차례

슬기로운 삶

나는 팔다리 여섯 개 달린 괴물, 불행의 핵폭발이 가져온
뭉게구름
물론 나도 안다 천당도 텅 비었지만 지옥도 꽉 차지 않았
다는 것을

옛날에 나는 구포다리 아래서 밧줄을 던져 너를 건져올
렸었다
팔다리 없이 몸통만 있는 게를

너를 괴롭혔던 게 왜 갑자기 생각이 나서 오늘 나를 괴롭
히는지 모르겠지만

아내는 유달리 불행이 많았던 그 집을 떠나며 대야를 버
리고 왔다
방문들을 꼭꼭 닫아 걸어놓고 왔다
나는 꽤 오랫동안 내 흠 때문에 사람을 망칠까봐 사람을
사귀지도 않았다
부자가 되면 시를 잃을까봐 돈도 멀리했다

그래도 가끔 나는 아이들에게 포켓 동물도감을 읽어 주
기는 했다
사자는 30년을 살고 코끼리는 80년을 살지만 쥐는 7년이
면 죽어요

그러면 아빠는요? 아빠는 낙천주의자야, 아빠는 시간 보
따리가 있어
보따리를 펼치면 아이들은 파도를 탔고 나무에 기어올랐고
코끼리 코에서 미끄러져 내려왔다

30초, 아니 20초면 충분하다
내 마음 안에서 파리 같은 새 생명이 태어났다 죽는 일은
오늘은 과녁을 빗나간 화살이
통쾌하고 시원하게 내를 건너고 숲을 지나
하늘에 가 박힌다, 검푸른 피를 왈칵 쏟으며 하늘은……

로보토미
—나는 내 어리석은 인생에 시원한 구멍을 내고 싶다

이곳에서는 사람의 영혼이 벽시계의 뻐꾸기처럼 매달려
있습니다
실패의 수많은 길들이 변두리로 지방으로 끝도 없이 이
어져 있습니다
방심한 한 덩어리 빵처럼 택시에서 굴러떨어지면서
누군가는 정말 냉정한 사람들을 끝도 없이 만났다고 중
얼거립니다

어떤 사람은 내가 학교를 너무 오래 다녀서 그런 거라고
말합니다
출생은 나의 무책임한 교사이고 아버지입니다

생명을 소모하면서 이곳에서 나는 내 꿈을 빚덩어리처럼
굴려왔습니다
외로운 사람에게 이곳은 찬 강물과 같습니다
꿈의 파편들이 추하고 가난하게 뭉쳐 다닙니다
이곳에서의 시간이 너무 빨리 지나가고 끝난다는 사실에
나는 몸서리가 쳐집니다
사람도 이곳에서는 소모품에 불과합니다

나보다 어려 보이는 여자 판사 앞에서 궁색한 자세로 서서
나는 한참이나 외로운 벽이 됩니다
내 딱딱하고 어두운 욕망을 얼마든지 망치질하고 부수어

도 됩니다
　합법적으로 살고 합법적으로 죽은 사람의 인생은 얼마나
평범한 기적입니까

　나는 나를 끝없이 속일 수 있습니다,
　나를 속이지 않는 일이 가장 쉽고도 어렵습니다
　끝없이 윤회하는 일이
　범죄가 아니라고 누가 감히 말할 수 있을까요

낙원으로 가는 인생

골목 벽에는 낙서가 가득하였다, 마담 K는 하루하루 희망 없는 날을 보냈고
인생이 잘 안 풀리는 이유를 몰랐고 물론 나도 몰랐다

하늘은 푸르다, 가슴이 두근거릴 만큼 알약들이 목을 넘어가고
나는 꿈속에서 시원하게 군복을 벗었다

내가 누구인지 알게 되면 너는 죽을 거야
니 무서운 소원이 알려지기라도 하면 너는 사람대접 못받을걸

네 가닥으로 찢어진 마음이 마취에서 풀려나 통증이 밀려왔다
니 아버지는 늙은 탈영병, 어둡고 께름칙한 깨달음을 어린 나에게 주었다

나는 누구이고 여기는 어디인가 이 쉬운 질문 앞에
내가 날마다 엎드려 얼마나 절망하는지 너는 모르고
그렇다고 과장할 필요는 없고

개미에 관하여

개미가 하는 생각이랄까 명상이랄까
갸우뚱거리는 머리모양이 작은 사람 같다

개미들의 세계에도 어린이가 있고
유모가 있다

아낙과 백인과 흑인도 있다
오늘과 내일이 있다

개미들에겐 작은 왕국에 가까운 버찌나무 아래서 나는
어린 딸의 하교를 기다리며
반 시간쯤 들여
슬픈 기념비에 가까운 내 과거를 돌이켜본다

신났던 일보다 잘못한 일들이 못 자국처럼 뺨을 긁고
지나간다
그러나 개미들에게는 어제라는 것이 없다

나는 산촌에서 태어났지만 자연의 약점을 모른다
늘 자기 몸무게보다 무거운 번뇌와 망상 같은 걸
머리에 인 채로 나는

곧

유령은 자신의 벽 속으로 돌아갈 거고, 나는 태연하게 커
피를 한 잔 마실 거고
죽기 직전의 여자는 마지막으로 김치찌개를 찾을 거고
밤의 술집들은 줄줄이 문을 닫을 거다

소시지빵을 물고 아이는 혼자 밤낮이 바뀐 엄마를 기다
릴 거고
무시무시한 피로는 다시 사람을 낳을 거고, 사람으로 들
끓는 거리에서
이빨을 드러낸 구레나룻은 기어코 한 사람을 찾아낼 거고
빈 음료수병 같은 그이는 산더미 같은 땀을 흘리며
듣기 싫은 소리를 한참이나 늘어놓을 거다

질 것 같은 전쟁은 아름답다, 맨체스터의 1 대 0 패배에
나는
비상금 오만원을 걸 거고, 근심은 이제 곧 탄산음료처럼
엎질러질 거다

비상구 안에서 희망은 그 닳아빠진 얼굴을 다시 한번 내
밀 거고
근사하고 멋진 연애 한 번 못하고
얼굴과 팔이 돌아간 저 여자는 외롭게 죽을 거다

너는 꼭 다른 사람이 가지고 싶어하는 어여쁜 사람이 되
거라
　무슨 까닭으로 혼자 술 취한 저 여자의 머릿속에서는 팡
파르가 울리고
　마음은 곧 터질 것같이 소리치는가, 모든 것이 무너질 것
같은 이 순간에

비상구

내가 정말로 갖고 싶은 것은 나의 꿈에는 들어 있지 않다
나의 꿈속에는 늘 검은 주전자와 잔 하나가 엎어져 있다
어떤 중지 하나가
똑바로 몸 뒤집으려는 주전자와 잔을 괴롭히고 있다

아직 당신 차례가 아니야, 산비둘기에게 쌀알을 주려고
더러운 비둘기들이 오는 것을 아이와 함께 막아선다
멀리 벚나무에 앉았던 비둘기가 아이와 나를 기다렸다가
복수하려고 똥을 싼다

흰옷의 수녀가 버스에서 다른 수녀와 헤어지고는
금방 실 묶는 장난에 빠져든다
수녀의 옷에서 다우니 릴리 향이 난다

남에게 사랑받을 마음이 없는 사람만이
사랑받는다는 사실을 나도 안다
세상은 꾀병을 앓고 있다, 살인 사건 속의 남자가
다른 남자를 만나고 온 아내를 죽인 것도
아내의 손이 굳이 파도에 밀려온 것도 다 그 때문

앙드레 지드의 부인은 처녀로 죽었다, 그걸 누가 순진하
게 믿을까마는
친한 선배의 늙은 요크셔테리어도, 오늘

플레바스에 대하여

이 여자는 불길하다
녹색 코트와 노란 챙모자가 불길하다
여자의 가슴에 피지 않고 있는 흰 꽃이 불길하다

있다, 집으로 절대 가져가서는 안 되는 것들이

앞은 남자이고 뒷모습은 여자인 플레바스라는 사람이
꿈에 등장한 다음날이면 시빗거리가 생기거나
예고에 없던 비가 내린다

아아, 대체 플레바스는 누구인가

오늘은 벼락이 치는데도 천둥이 오지 않는 날이다
뜬금없이 유리잔이 떨어지고 손잡이가 떨어져 공처럼 굴
러가는 날이다
갓난아기가 울고 있다고 생각하고 창문을 열었는데

쥐잡이 끈끈이에 달라붙은 생쥐가 낭패한 얼굴로 나를 쳐
다본다
플레바스가, 아니 한쪽 다리가 짧은 털 뭉치 그림자가 다
리를 절뚝이며
집 앞 전봇대 아래를 걸어가고 있다

나는 들었다

종이 울었다, 다른 길은 없다, 우느냐 울지 않느냐

소리라는 것에는 허구가 없다, 네 개의 큰 바퀴 굴러가는
소리가 들렸다, 마을의 개라는 개는 모두 짖었다
마을의 남자들은 산돼지를 찔러댔다
짐승은 홀린 듯이 달아나 벼랑으로 굴러떨어졌다

천장에 구멍이 생기고 그곳에서
총알이 하나 떨어졌다
막다른 골목에서 마주하면 그가 존경할 만한 사람인지 아
닌지
쉽게 알 수 있다
나는 표적이 되었다는 사실에 화가 났고 몹시 두려웠다

나는 구경거리였고 불결하고 흉측한 존재였다
나는 분노했고 구경꾼들을 하나씩 밀치고 주먹을 뻗었다
구경꾼들 사이로 길이 생겼고
누군가 내 이름을 부르는 소리에 놀라
거의 발가숭이에 홀쭉해진 볼과 긴 머리카락으로 외롭게
서 있는
나를 보았다

삶이란 참 밑도 끝도 없는 구멍이로군, 내가 살았는지 죽

없는지 알려면
  저 불덩이 속에라도 뛰어들어봐야겠어
  화장터의 불이라고 믿어도 좋을 만한 불길이 눈앞에 나
타났다

  웃음은 발작의 한 종류다, 산수화가 그려진 부채가 왼손
에 생겨나고
  어느새 나는 흔들의자에 앉아 중국인의 텔레비전을 보
고 있다
  텔레비전에서는 승려의 다비식이 진행 중
  나는 하인을 셋이나 거느린 고귀한 그루지야인이 아니었
던가
  아아, 내가 저 그루지야인이 아니라면 나는 또 누구인가

  나는 우물가에 쓰러진 개, 누가 내 얼굴에
  차가운 물을 한 대접 뿌려준다면 그의 노예가 되겠네
  하지만 내 주머니에 든 것을 빼앗아가려고
  슬며시 누군가가 다가왔다
  당신이 나를 도와주지 않으면 나는 당신을 죽일 수도 있어
  당신의 모든 발설과 행동이 나에겐 수수께끼

  바늘에 찔린 쥐가 꼼짝도 못하고 누워 있는 꼴을
  흰 가운 입은 학생 둘이 내려다보고 있다

쥐는 정말 이 두 풋내기 연구원의 호의를 바라는 것인가
아, 나의 생각은 얼마나 망나니인가
일곱 사람 몫의 일을 한꺼번에 해치우고 있는 저 코끼리
에게
자유를 주지 않으면 우리는 미친 것이다

충분히 흘러내릴 준비를 한 물만이 바다에 닿는다
공포는 구멍이다, 해방도 구멍이다
나는 코끼리 발자국의 구멍 안에 나를 놓았다
나는 저 너머라는 말을 믿지 않는다
오로지 이곳뿐이다, 이곳이라는 구멍뿐이다

가난뱅이를 구제할 마음으로 가난뱅이를 일으켜 세우는
이여
당신 마음속의 가난이나 일으켜 세우시지
신의 은혜로 나는 아무것도 모른다
너도 아무것도 모른다

뿔이 뽑히고, 송곳니가 젖혀지고, 귀가 잘리고 털이 깎이
는 동안에도
당신들은 몰랐겠지만 나는 아직 살아 있다
팔목과 발목이 잡히고 왼손의 반지가 뽑히고
누군가 천으로 내 눈을 덮었을 때

은빛 칼날은 부러지고

종이 울었다, 다른 길은 없어? 살까 죽을까
나는 무겁게 쿵 하는 소리와 함께 불현듯 떨어졌다

맨발의 왕자

어린 아들 손에 이끌려 나는
2009년 1월 1일 서울에서 새로 태어났다
한때 사랑으로 가는 길이라면 나는
길 없는 숲도 마다하지 않았다

목성의 가스 바리케이드 속으로 유성들이 육탄 돌격한다
사랑을 갈망하다 보면 사람은 거친 남자도 개도 식물도
마다하지 않는 법이다
갈망은 인간의 사닥다리요 짐이요 수레다
나는 비우는 것이 좋았다
장소는 소음과 질문들로 가득 차 있으니까
그 어디라도 싫었다

보석의 침을 흘리며 막 일각수가 슬로바키아 국경을 지나
아르메니아로 오고 있다

보리밭은 늘 상처 입고 있다
아이는 버림받으면서 어른이 되는 거라고들 하지만
사람을 만날 때마다
나는 풀리지 않는 수수께끼를 만나는 기분이다

시간만이 무엇인가 뜻있는 것을 낳고 죽인다
고귀한 유령들이 자신의 목을 다시 자르라고

망나니를 찾아간다

십삼각형 이상의 도형은 노스텔지어
도형들은 모두 발가벗은 채
포도나 복숭아를 만지고 있는 창녀들이다

그날은 보물을 만지게 해준다는 친구의 꾐에 빠져
이상한 천막 아래로 끌려들어갔다

나는 심각한 망향병에 걸린 말이었지만
보자기 덮인 탁자 아래서 날개 달린 짝을 만나지는 못했다

나는 미래에서 온 유령
추억이라고 부를 만한 것이 없는 인간이 가장 무섭다

복낙원

네 주머니 속에서 오늘은 뭘 찾아볼까

언제 나올지 모르는 여자친구를 기다리며
남자는 분식점 둥근 의자에 멍하니 앉아 있다

한 사람의 인생은 빈약하다

자신과 싸워 이긴다고?
자수성가한 사람이 이 말 하는 것 들을 때마다
나는 슬프다

원뿔 위로 기어올라가려 하지만 나는 자꾸 미끄러진다
발톱과 털실만 있다면 나도 고양이가 되었을 텐데
꿈은 이제 절정으로 치닫고
사무치는 그리움 끝에 그만 나는 값싼
허기가 진다

장미 향기를 원하면 장미가
사향을 바라면 사향노루가
이미 아이의 마음속에는 들어 있다

우리 귀는 우리가 원하는 소리를
만들어 들을 수 있습니다

동굴 가이드는 내가 하고 싶은 말을 대신 해주었다

눈물은 내가 최초로 발견한 뮤즈다

문은 닫힌 꿈속에만 있다
하지만 문을 여는 순간 우리는 여지없이 꿈에서 깨고 만다

털 하나에 넋과 털 하나에 사랑과 털 하나에 절망
도자기 속처럼 비어 있는 나의 집

나무는 비에 씻기고
우리 마음은 슬픔에 씻기고

사냥개 겨드랑이에 날개가 달렸다 해도
인간은 결국 그를 조롱 속에 가뒀으리

무녀야 너의 소원이 뭐니
소원? 아무것도 바라는 것이 없는 것

자신과 싸운다는 것은 자신의 성격과 싸우는 것이다
 밤새 자기 자신과 싸우다 어떤 사나운 발톱에 몸이 둘로
찢겨
 아침이면 불쑥 아기 같은 얼굴로 우리는 새로 태어난다

몽블랑

1988년에 나는 심각했지만 여전히 바보였고
1993년에 불발탄처럼 나는 성인이 됐고
1980년에는 나의 아내 될 이가 사람으로 태어났다

껍데기 속에서 뭔가 생겨나오기만을 기다리다가
어미 새는 지쳤다
투명한 알 속의 세계는 아주 잘생기고 젊다
알 하나 속에 가족이 다 들어 있다

오늘은 지구대 경찰이 출동하는 작은 소동을 일으켰고
유령과 말하느라 현생의 기억을 모두 잊었고
잠에 푹 빠져 국과 밥과 떡을 모조리 먹어치워버렸다

내 마음아 너는 무엇을 빚어내고 있니, 삼류 드라마
누구라도 자신의 삶만은 늘 예외야
수만 마일을 날아온 어린 내가
마흔의 나를 격려하고

나는 시간에 굴하지 않으려고 택시를 타기도 하고
63빌딩에도 오르고
유람선의 의자 위에 나동그라져 비 오듯 땀을 흘리면서도
인생의 덧없음에 저항한다

그 누가 영원히 살고 싶을까, 진짜 바보가 아니라면 —

비는 우리를 겨냥한다

오후를 망쳐버리라고 비는 내린다
그리워하니까 비는 내린다
기침이 멈추지 않아 비는 내린다
방법이 없다고 비는 내린다
무엇을 사과하는지도 모르면서 비는 내린다

과거에도 미래에도
비는 망연하게 내린다
웅덩이를 넘치게 하려고 비는 내린다
이건 절대 진짜가 아니라며 비는 내린다

엄마의 소매를 잡아당기며 비는 내린다
못마땅한 얼굴로 비는 내린다
전철을 기다리는 승객들의 바지를 적시며 비는 내린다

기회를 놓치지 않고 비는 내린다
무례하게 비는 내린다
말할 수 없는 비밀이라는 듯이 비는 내린다

발작적으로 비는 내린다
무엇인가를 죽이며 비는 내린다
낙담하라고 비는 내린다

비 오는 날 복숭아를 보면
왜 젊은 얼굴의 엄마가 보고 싶을까
예쁘게 깎아놓은 복숭아를
흰 접시에 놓고 아이와 마주앉아
아프고 슬픈 것이 있어 비는 내린다
작정하고 오늘은

작은 목소리

눈이 내렸습니다, 싹이 하나 나오려고 했습니다
없애버릴까
싹은 조용히 말했습니다
제발이요

싹은 자랐습니다, 마른 바람이 불었습니다
없애버릴까
싹은 조용히 말했습니다
제발이요

싹은 여섯 장의 잎이 되었습니다, 개미들이 기어올라갔
습니다
없애버릴까
싹은 조용히 말했습니다
제발이요

치우기 좋아하는 영감님이 살았습니다, 여름이 오고 자주
싹은 목이 말랐습니다, 없애버릴까
제발이요
싹은 간절히 빌었습니다

콩새가 앉았습니다, 싹은 얼굴로 올라오는 피를 느꼈습
니다

없애버릴까
제발이요

싹은 이제 이토록 높은 곳에 근접한 적이 없었습니다
가장 높은 곳에서 싹은 무서워 떨었습니다
없애버릴까
제발이요

드문드문 콩새가 쫀 잎사귀에 서리가 내렸습니다
싹은 낮은 자세로 엎드려
다시 한번 목소리가 들려오길 기다렸습니다

없애버릴까

버선발에 슬리퍼를 신고

줄무늬, 줄무늬의 마음이여, 유리병 속 기름처럼
기름 속에 빠져 허우적거리는 파리처럼
남의 것만 많은, 차마 내 것이 되지 못해 설사하는 마음
이여

신이 새로 내리지 않아
떠밀리고 떠밀려온 김보살님 집 담벽에 붙은,
비에 젖은 백지 속 버라이어티한 협박의 세계여

"이곳에 쓰레기 버리는 자는 팔다리가 벌벌 떨려 밥숟가
락 들 힘도 없게 하시고
날마다 더러운 꼴만 당하게 하시고
담배꽁초 침 함부로 뱉는 자는
기필코 다음 생에 도둑괭이로 살게 하시고
지갑 텅텅 비어 거지꼴 못 면하게 하시고
밤이면 밤마다 쓰레기에 파묻히는 악몽에 시달리게 하소
서"

나도 알고 있다, 내 인생이 왜 괴로운지를
그것은 나를 사랑하지 못한 내 영혼의 추위
사랑의 냉담한 포즈라는 것을

나는 말한다

인생은 발걸음이 빠르다, 화요일에는 엉터리 같은
결심을 하고 금요일에는 2킬로그램쯤 살을 찌워서는
물방울을 한 방울씩 떨어뜨려 그 결심에 구멍을 내고 있다

마음은 사물이 아니다, 그런데도 구멍이 난다
이이는 사, 삼삼은 구, 사사 십육
아무런 문제 없는 인생은 우리를 속이는 거라고 이 친구야

삼 개월 감봉당한 친구가 어찌할 바를 모르고
발목 아래로 흘러내린 양말을 당겨 올린다
곧 눈이 내릴 것만 같다

많은 사람이 거리에서 죽는다
굴다리 아래로 걸어 들어가는 외삼촌은 갑자기 파산했고
내용 없는 엽서가 사무실로 배달되었다

무엇인가가 이 세상에서
당신과 나를 놓지 않고 있다
그 못은 대체 어떻게 생겼는가

착오라도 있었다는 듯이 눈은 내리자마자 녹아버린다
바람이 눈을 밀치고 행인과 입간판을 차례로 밀친다
떠밀린 채로 문이 열리고 다시 문은 열리고

너와 나

기다란 빵을 든 아이가 신나게 뛰어가고 짧게
머리 깎인 부역자의 아내가 갓난애를 가슴에 품고
마을을 도망쳐가는 길, 그 길의 끝에서 첫 번째로 열리
는 문

이렇게 되어버린 까닭을 누가 알까
머리에 깍지를 끼고 외로워서 누군가 부는 휘파람
개는 두 발로 걷고 사람은 네 발로 걷는 이상한 들판에서
말과 여자가 발가벗은 채 껴안고 누워 있는 곳을
조용히 지나
하늘과 언덕이 맞닿은 곳에서 두 번째 문이 열리면

붉고 노란 물결의 사람들, 빵집 주인은 불안한 얼굴로 창
밖을
내다보고 종잇장들이 붉은 벽돌담에서 쏟아져 내리는 길
전차가 달리고, 그 안에 있는 행복한 승객들은 하루가 어
떻게
시작되고 끝나는지를 아는데

세 번째로 출발한 전차의 문이 열리면
전차 다니는 다리 아래로 알을 낳으러 돌아온 송어들
냇물은 송어를 빚어내고 또 빚어내고
부서지는 물결의 끝자락에 서 있는 어린 숙부의 딸

숙부의 집에는 우환이 끊일 날이 없었지

연탄불이 부엌 천장을 붉게 물들이는 숙모의 장지문을
네 번째로 밀치고 나가면 삼형제가 울며 붙들고 서 있는
길고 하얀 천에 덮인 나무상자, 후회만이 늘
우리를 깨닫게 하고 울게 하고

가슴이 뚫린 듯 구멍난 다섯 번째 종이문
더러운 공기가 괴어 있는 종로의 빌딩숲에서
나는 1가에서 조금씩 휘어지며 6가로 끝없이 이어지는 대
로를
하염없이 바라보고
당신도 나처럼 지금 모든 것이
이 물결 아래로 가라앉기를 기다리는 중인가

이제는 잃을 게 없는 구한말의 양반집 사랑방
반쯤 열어젖힌 문 안에서 다시 문은 열리고
안개 자욱한 인왕산을 배경으로
지금 시각 11시 59분, 긴 담뱃대를 문 채, 반쯤 비어 있는
바둑판 앞에서
상대의 다음 수를 기다리며 나는

불안에 관한 노래

두 왕자는 숲을 만들기로 했어요 숲을 만들려면
우선 공기가 필요했지요
둘은 신나게 국자로 공기를 퍼담아 접시로 날랐어요

또다시 불안이 밀려오기 전에

옛날에 두 왕자가 있었어요 한 왕자는
먹는 일에만,
다른 하나는 뚱뚱한 여자들과
침대 속에서만 살았어요

또다시 불안이 밀려오기 전에

두 왕자는 보따리를 풀었어요 보따리 속에는
빗자루와 꾀꼬리가 들어 있었어요
소시지와 맥주를 원 없이 배불리 먹고 둘은
즐겁게 노래 부르고 몸을 흔들고 손뼉을 쳤습니다

또다시 불안이 밀려오기 전에

변덕스러운 하늘은 13세 미만의 아이들과 중학생과
65세 이상의 노인들에게도 골고루 자신의 혜택을 나누어
주고

두 왕자는 국립 은행을 지나고
변압기 공장을 지나고 국도변의 작은 호텔을 지나
숲을 만들 공사 현장에 도착했어요

또다시 불안이 밀려오기 전에

100퍼센트 송아지 가죽 신발이 작은 돌들에 미끄러지면
서도
두 왕자는 숲과 보따리는 팽개쳐둔 채
당구를 치고 담배를 피우고 커피를 마시며
불안 따위는 영원히 떨쳐버리려고 했지요

또다시 불안이 밀려오기 전에

두 사람은 무엇인가를 먹어두지 않으면 안 됐지요
착각도 진실이라면
두 사람의 인생은 무엇의 착각일까요
숲은 아무것도 바라지 않았어요 바람이 황무지 바닥을 쓸고
지나갔어요 일 년은 한 달을 착각하고 한 달은 일주일을
그리고
일주일은 다시 하루를 착각했지요
빗나간 사랑처럼 과녁은 찢어지고

—   또다시 불안이 밀려오기 전에

—

벨

한겨울 뒤집힌 유리컵 속에 파리 한 마리를 가둬넣고
기적을 보듯 아이와 나는 외로움을 보고 있다

마룻바닥에서 햇볕은 x축에서 y축으로
나른하게 늘어지고
나는 우리가 하늘 저 깊은 곳에서 떨어졌다는 느낌에
울고 싶어진다

유튜브 속에선 1988년 서울올림픽 개막식 행사가 열리고
아이는 저곳에 한번 가보고 싶다고 나를 조른다
끝까지 잘 해내고 싶다는 각오를 언제 처음으로 했던가

죽음으로 증명되는 것은 무엇인가, 결국 각자의 방식대로
세상이 끝장난다는 걸 이야기하고 싶은 것일까
나도 내 인생이 내가 가진 최고의 보물이
아니라는 것을 안다

새로움이나 시작이 없는 인생, 그것은
뒤죽박죽이자 서늘한 영원이다
컵 속에서 작은 생명이 온몸으로 으르렁대고 있다

울룰루

무덤 크기의 바윗돌이 들어 있는 투명한 빌딩 로비다
목이 긴 새 모양의 의자에 앉아
넋을 놓고 붉은빛이 감도는 바윗돌을 바라보는 일은
여자 비서의 중요한 일과다
나폴레옹의 부하들이 텅 빈 러시아의 수도에서
가져가지도 못할
화려한 가구와 소파와 의자를 헛되이 노획하는 동안
발가벗은 남자의 복숭앗빛 등이 들어 있는 액자를
반짝거리게 닦아놓고 여자 청소부는
화장실 바로 옆 휴게실로 들어가 점심을 먹는다

유럽풍 귀족 드레스를 입은 인형이
의자에 앉아 넋을 잃고
물 고인 웅덩이를 보고 있다
한없이 밀려오는 파도를 보면서
사랑하는 사람이 울고 있는 언덕이다
문득 마구간에 묶인 말들이 고개를 내밀고 하염없이
지나가는 우리를 보고 있다

재활용품을 팔고 가는 초라한 여자의
빈 유모차 안으로 비가 떨어진다
비는 단지 땅으로 똑똑 떨어지는 물방울이 아니다
비를 자세히 들여다보고 있으면

넋에 소름 돋는다

뇌졸중으로 남편 잃은 늙은 여자가
고양이 우는 소리가 듣기 싫어 밤마다 창문을 두드린다

안갯속의 새야, 너는 뭘 그렇게나 보고 있니
백화점 분수의 비어 있는 비너스 품에 아이는 안기고 싶어
새 모양으로 두 손을 펼쳐 날갯짓하고
유리 장식장 부채 속의 발가벗은 일본 미녀는
무슨 꽃을 가리려는 듯
손바닥을 오므려 얼굴로 가져가고 있다

흰자위를 보이며 정신 잃고 자고 있는 장례 버스 속
검은 옷의 여자
제각각 달려가는 시계점의 바늘들

다음 생에는 고양이를 안고 의자에 앉아 있는 피카소의
딸이 되어볼까
  양쪽 팔이 빠져버린 여아 형태의 인형과
  노인용 지팡이
  석간 펼쳐놓은 노신사의 다리 아래에서
  잇몸으로 스낵을 깨물어 부수고 있는 늙은 아이리시 사
냥개

뿔

벨기에 우표다, 네 꿈을 훔쳐보려는 게 아니라
꿈에 들어가려는 거다
네가 착해서 염매는 오한이 난다

유원지의 목마는 아이를 너무 태워 늙었다
세계와 처녀, 아이와 세계는 지겨우니까
이 회전하는 상자의 이름은
나비와 깃털, 늪과 베트남, 프랑스와 여름이라고 하자

바구니에 들어 있는 알들, 몽블랑을 넘어간다
니콜라스 우리 더는 도망가지 말아요
러시아 마지막 황제의 아내가 속삭인다
어떻게 됐든 수수께끼는 풀리지 말아야 한다
새 입주자의 질문에 아니오, 라고 답해준다

여름은 상한 달걀을 골라내고 있다
껍데기를 넘어 병은 전파된다

저절로 그렇게 될 리는 없는데
어머니는 노파가 되었다
사랑에 빠지면 죽어도 썩지 않는데!
누이는 바람 빠진 풍선처럼 미군들 앞을 지나갔다

뮤직홀, 모험을 즐기려고 헤밍웨이는
코뿔소를 향해 총을 겨눴다
헤밍웨이는 겁쟁이
코뿔소는 괴물이 아니다

첫사랑이 외할머니라 절망한다
코뿔소가 아니라서 뿔이 나는 것, 병이다
제일 겁나는 일은 웃음이 사라지는 것
소년이었는데 소년은 증발하고
뿔만 남았다

비누 거품 통에서 다 빠져나왔다
천둥은 여자, 남자는 번개
마술용 비둘기는 성대 결절
지겨운 너희를 영원히 잊을 테다
오줌만 마렵지 않다면 꿈에서 깰 일 없어

아주 어렸을 때 엄마는 신이었고
아빠는 부재중
거울 달린 장롱에서 제멋대로 튀어나온
소나무와 사슴
망가진 싸리 울타리 파도에 휩쓸리면서
현기증 나는 뿔로 출구를 찾고 있다

객관적으로

 사랑, 그건 순수한 낭비라고 해야겠죠, 어쩐지 혼자 있고
싶지 않은
 기분 때문에 사촌은 자꾸만 바보짓을 벌이고 있습니다

 힘들었지만 그때야말로 참으로 행복했었다는 말을 들려
주려
 외숙모가 병실 바닥에 주저앉아 있네요

 물론 끝을 잘 맺어야 명백하게 새로 시작할 수 있어요

 정신 못 차릴 정도로 돈을 많이 벌었던 시절을 얘기하다가
 갑자기 호르몬 주사 얘기를 꺼내는 그이가 또 이상한 말
을 하네요

 부자가 되었을 때조차도 난 부자가 아니었던 것 같애
 난 그냥 늘 새로워지고 싶었어 죽을 때까지

 부모의 기대대로 풀렸으면 두 번쯤은 대기업에 들어갔
을 거고
 결혼도 좋은 여자랑 한 세 번쯤은 이미 했을 사촌이
 새벽 세시에 또 초인종을 누르네요

 나는 도대체 어떻게 생겨먹은 사람일까, 울먹이며

올 일은 결국 오고야 말지요
교복 입은 아이 둘이 담배를 나눠 피우더니
주차장 담벼락에 붙어 입을 맞추고 있네요

사랑, 그건 아무에게도 손해나게 하는 일은 아니죠, 그런
빚이라면
살면서 누구라도 한 번쯤은 통 크게 내야지요

커피 한 잔

가을날의 어치가 말했다 걱정할 필요 없어, 다시 태어날
일 없으니까
당신이 얼마나 괴로웠는지 말할 필요 없어, 한 인생이 박
살나도
세상은 아주 조용하니까, 분노에 가득 찬 애인은 돌을 던
져 유리창을
박살내고 성형중독에 걸린 여자는 그녀의 딸처럼 어려 보여
꿈의 세계를 물리치겠다는 희망은 망상에 불과해
밤새 파도를 쳐내느라 피곤한 사람이 사무실에 앉아 꾸
벅꾸벅 존다

아아, 내 몸속엔 편히 발 뻗고 누울 작은 이부자리 하나
없네

'아' 하고 입만 벌리고 있어요, 편히요, 몸에 힘 빼고요 아
마도
죽는다는 것은 홀가분하게 날아가는 기분일 것이다 손뼉
을 가볍게 칠 때처럼
그 누구의 위대한 인생일지라도
사건은 작은 결론으로 종결될 것이다

도무지 알 수가 없는 것

25 곱하기 2에 빼기 2, 어린 아들은 무엇을 계산하는가
검은 장미, 하늘은 후퇴를 거듭하는 중이다
운이 다한 거북이가 바다로 돌아가는 길에 굶주린 자칼
을 만난다

스물다섯 나이에 죽은 엄마를 만나러 쉰여덟 나이의 아들
이 하늘나라로 가면
아빠 같은 아들과 딸 같은 엄마가 만나겠네

장구벌레들이 눈송이처럼 떠 있는 웅덩이를
엄마 하고 불러본다

나가려고 옷을 차려입었다가 다시 하나씩 벗고
발가숭이가 되어
중환자실의 외삼촌 자세로 누워본다

임신한 아내가 냉면을 찾는다
뱃속의 아이는 실컷 놀았다
제아무리 더하고 빼도 세상의 무게는 늘지도 줄지도 않
는다

— 핑크색 상복이라고? 그래 너의 마음속에는 분명히 그런
게 들어 있다
그런 죽음도 있어야지 않겠냐며
머리가 넷 달린 말이 슬픈 얼굴로 거울을 들여다보고 있다
하나만 죽어도 나머지 셋이 함께 죽어야 하는 팔자라니
아무리 생각해도 억울하다고 중얼거리지만
벌써 왼쪽 바깥의 얼굴이
오른편 안쪽 얼굴의 생각보다 먼저 같은 결론을 내리고
감나무 잎사귀의 물방울에 입술을 갖다 대고 있다
생물이 생물을 집어삼킨다, 지나가는 사람이
너는 꿈속에서도 풀을 뜯고 있냐고 핀잔을 준다
하나는 세 끼를 굶어 배가 고프고 다른 하나는 포식하여
괴로운 얼굴로
서로 마주보고 있다
그렇다면 분명히 나는 내가 아니다
나는 꿈에 흉노족의 왕자였는데 깨어나보니 버거킹 테이
블 위에 침을
흘리고 있는 벌어진 입술
꿈이란 결국 깊이도 내구성도 없는 갈색의 포장지로구나
다행히 출근길에 보았던, 땀을 비 오듯 흘리던 뚱뚱한 영
혼은
자신의 집 금 간 벽을 거의 다 빠져나왔다
왼편 안쪽의 홍조 띤 얼굴이 이제는 태어나고 싶다고 말

하자

　오른쪽 바깥의 냉담한 얼굴이 그러려면 먼저 죽어야 한다
고 결심하듯이 말했다

스텝 바이 스텝

숙모는 아무리 생각해도 아들이 정신병원에 있을
이유가 없다고 생각해 다시 꺼내오지만

나는 불안하고 평화롭다
흰 당구공이 11번을 때리고 다시 11번이 8번을 때릴 때
처럼

나는 이 세상의 육종이 아닙니다, 암이 아니라고요
a가 b를 죽였다와 아기가 곤히 잠들었다라는 말을
연달아 중얼거리고 나는 결론 내린다

앞뒤가 이어지지 않는 말이라고, 그래 하지만 그럴 수밖
에 없다고
숙모가 서른셋의 아들을 부를 때 아직도 아가라고 하는
것을
들으며 아버지는 혀를 차지만

시간은 얼마나 근사한 굴렁쇠인가
커다랗고 둥근 산성의 파도가 세상을 자신의 치마폭으로
끌어들여 녹인다

티브이 속에는 왼쪽 팔꿈치가 탈구된 것처럼 경직된 사
람이

바둑 해설판의 흰 돌과 검은 돌들을 차례로 붙였다 뗐다 ─
한다, 잘못 든 길을
　거듭해서 물리면서

크로노미터

사촌은 서른이 넘었는데도 아직 어머니 속을 썩이고 있다
유부녀를 잠시 만나더니, 지금은 건강식품 방문판매를
하겠다고 돈을 빌리러 다닌다

누군가의 인생이 갑자기 급커브를 그릴 때는
누구라도 그에게서 한 걸음쯤 물러서야 하는 법이다

엄마 눈치 보느라 주차장에 나와
쭈그려앉아 담배 피우는 이혼녀나
고깃집에서 종이봉투에 쇠수저를 넣고 있는
옆집 아주머니의 새 아르바이트를 볼 때도 그렇다

흰색 보드판 앞에서 젊은 고물상 주인이
늙은 여자와 가벼운 실랑이를 벌일 때도
그들의 배후에서 천장 없는 가건물로 폐품들이
더 올라갈 수 없는 높이로 올려지고 있을 때도

나는 생각하게 된다

늘어난 양말 속에 넣어둔 탓에 흘려버린 돈 구천원을 찾
으려고
  횡단보도와 구제 옷가게와
  석바위시장을 지나 일하는 다방까지 샅샅이 뒤지고

돌아온 뚱보 그녀를

인생은 얼마나 더 큰 커브를 돌다 쓰러져야만 끝나는 게
임일까

내가 누구예요?

꿈속에서 나는 병뚜껑 같은 걸 따고 있다, 마분지에 난 구멍

가방 왈자고리, 뼈만 남은 우산, 반쪽의 달걀 껍데기

나는 마음이 얼마나 얕은 개울물인지 알고 있다

오늘은 몇 년 몇 월 며칠입니까? 당신의 집주소는요? 여기는 어디죠?

자 이 세 가지 물건의 이름을 말해보세요?

누군가 뱉은 침, 졸음, 바닥이 탄 냄비

어느 날 아침 눈을 떠보니 문득 일흔여덟의 늙은이가 되어 있는 나를

나는 아무렇지 않은 척 인정할 수밖에 없을 거다

나의 영혼은 고깃집의 갈고리에 매달려 있다, 파리들이 달라붙는다

자 이제 다시 계속해볼까요

어디든 마음을 다해 가라, 이 문장을 똑같이 따라 해보세요

누구든 내 마음에 들어오세요

지상에서의 행복이 소나기 같다는 걸 그 누가 모르겠는가

과거를 빠져나가는 미래에게 현재가

외삼촌이 빌라 1층 주차장 거울 앞에서
자신의 얼굴을 들여다보고 있다
외삼촌네 집 어항에는 금붕어가 두 마리인데
그중 한 마리는 한쪽 눈이 없어 왼쪽으로만 도는 애였다
외삼촌 집을 방문하면 으레
나는 손가락 끝으로 녀석의 수영을 훼방놓곤 했다
외삼촌의 아들은 오랜 지병으로 입원해 있고
아들의 방은 문이 헐거워 제대로 닫히지를 않았다
파란 장미꽃 같은 아가씨와 헤어진 후 외삼촌의 아들은
스웨덴의 불쌍한 늙은 왕자처럼 자신의 방에서 나오지 않
았다

아아, 내가 조금만 더 생기 넘치는 유령이었더라면
입김을 불어 네 방 촛불을 껐을 텐데
늑대 가죽을 머리에 뒤집어쓴 외삼촌이 꿈속에 나타나
벽 속에서 얼굴을 반쯤 내민 채 나에게
상심한 목소리로 말한다

누가 죽으면 그 누군가의 가구와 옷과 책이 어디로 가는지
나도 이제 안다 사무실에 걸렸던 크고 둥근 거울이
어떻게 아슬아슬하게 깨지지도 않고 세상 밖으로 나갔는
지를

작은 사건

약속을 잊으셨어요? 저와의 약속을 정말 잊으셨어요?

내가 피로에 지쳐 기울어지는 축대에 기대어 서 있을 때
그 말은 처음으로 들려왔다
나는 예전부터 귀신이나 요물은 믿지 않는 사람이라
사람의 기척을 찾아 창과 문과 담 너머를 뒤졌다
하지만 황량한 거리 어디에도 사람은 보이지 않았다

저와의 약속을 잊으셨어요?

두 번째로 내가 그 말을 들은 것은
고향의 언덕 너머로 날아가는 까마귀를 구경하고 있을 때
였다
냇물을 끼고 흐르는 언덕에서 넋을 놓은 채 나는 옥수수
밭을 쓸고 가는
바람을 보았다

저와의 약속을 정말 잊으신 거예요?

기사마저 내려 담배를 피우고 있는 북한산 마을버스 종
점에서
나는 세 번째로 그 말을 들었다
빗속에서 버스로 잘못 올라탄 벌 한 마리의 행방을 살피며

나는 그 목소리가 누구의 것인지를 처음으로 따져보았다 —

나는 약속을 잊었다, 약속을 잊은 사람이다
가만히 인정하고 나니
꿈만 같은 나의 모습이 작은 회오리바람처럼
북망에서 천천히 걸어나오고 있었다

나는 약속을 잊은 사람, 바다가 내려다보이는 이급 호텔
객실에서
그 목소리는 다시 귓전에 되살아났다

나는 잔치가 벌어지는 전각에서 내려와 혼자 잔돌을 주
워들고 있었다
옷소매가 끌려 잔디밭의 물을 빨아먹고 있어
나는 졸린 듯 눈을 감았다

그래 나는 약속을 잊은 사람
썩은 장승 하나가 흙에 묻혀 갈 곳 모르는 나를 바라보
고 있었다

뜻하지 아니한 사람이여, 나는 이제야 비로소 내 인생에
같은 가을이
한 번도 없었음을 알겠다

―   지혜는 조용함이었다

　오늘은 종일 미친 듯이 바람이 불었고, 낙엽송 같은 간판이
내 발 앞으로 떨어졌다, 그 이유 없는 사건들의 까닭을
왜 이제야 나는 알게 되었을까

　나는 약속을 잊은 사람
약속을 잊은 사람

―

이 아이는 누굴까

실비가 하늘에서 흩어진다
여름에 일본문화원에서 떠온 금붕어들이 차례로 죽어나
가고
아! 행복해라고 중얼거린 죄로 여자는 며칠째
어두운 곳에서 뻗쳐온 슬픔에 괴롭힘을 당하고 있다

살아남은 금붕어의 색깔들이 변하고 있다
다시 몇 번을 죽여야만 이 마음이 맑아질까
자세히 들여다보면 나 이전의 내가 찬 물속에 있다

나는 굉장히 작고 겁 많고 재빠르다
공사장 공터에서 주워와 수돗물에 깨끗이 씻은 조약돌들
누군가 물속에서 조용히 울고 있다

사랑의 목소리로

튀긴 물고기와 가느다란 사랑, 그리고 사랑 없는 관공서
의 조용한 오후
나는 마침내 내 인생에서 서울을 발견한다, 삼만오천 평
의 하늘
그 모퉁이에서
어린아이는 장난감 자동차를 밀고
하얀 두루마기를 걸친 구름이 잔뜩 짜증난 왕처럼 관악
산을 넘어온다

밀과 보리가 자라네, 밀과 보리가 자라네

골프공이 골프채에 얻어맞는 소리, 이것이 인생이다
꿈에 나는 일등석 기차를 탔다, 헛수고였다
알몸의 흑인 여자를 만졌다, 헛수고였다
소나무 냄새 나는 소년이 작은 명상 속에서 생겨났다 오
솔길로
사라졌다, 헛수고였다

왕이 짜증을 내면 왕비는 불안하고 우울했다
먹고 마시고 춤추고 노래 부르고
이 세상의 법칙에 속아 넘어가지 않으면
또 어쩔 텐가

빌려입은 옷 같은 인생, 떼쓰는 어린애를 안고 정부 보조
금을 타고
 이상한 미로를 헤매듯 고통과 슬픔만을 골라 디디는 신
기한 인생

 무사하게 죽고 싶다, 인생은 재난이 아니다
 밀과 보리가 자란 것은 누구든지 알지요

생활이라는 망상

바람은 높은 곳에서 불고 있다
굴뚝과 구름이 2월의 하늘을 놓고 지루한 싸움을 벌이고
있다

커튼 뒤에서 점심 뷔페는 저녁 손님을 맞으려고
고깃집으로 변신 중이고
팔 분 정도 참았다가
불안은 다시
전화기를 들었다 놓는다

아주 중요한 순간처럼 구름이 천천히 속력을 줄여
횡단보도 앞에 멈춰선다
이 세상이 누구의 기막힌 착상일지 생각해보다가 불안은
무상한 하늘의 깊이에 놀란다

사 분의 일쯤 뜯겨진 비닐봉투 속에서
슬픔과 절망이 과자 부스러기처럼 쏟아진다
스무 번쯤 전화기를 들었다 놓았다 하는 동안 큰 가방 같은
창문이 쓸모없는 풍경을 방안으로 끌어들인다

혼자 하는 사랑은 고문이다
혼자 먹을 음식을 식탁보 위에 충분히 펼쳐놓으며
불안은 이 중요한 문제에 관해 골똘히 생각해보다가

통증이 있나 없나 손등을 포크로 살짝 찍어본다　　　　　—

아내의 사촌에게

안 되는 것들에게 나는 회초리를 들었습니다
얼음덩어리 같은 후회가 구덩이를 팠습니다
내 두 손이 나의 두 발이 그리워 복숭아뼈를 만졌습니다

허망한 것들이 비가 되어 내리다가
눈이 되어 흩날리더군요

호랑이, 호랑이들은 대개가 미남 미녀입니다
홍콩이라는 제목의 책을 다 읽고 뉴욕과 런던마저 정독
하고 나서
실컷 울었습니다
슬픈데 아무리 생각해도 이유가 없어서 더 슬펐습니다

불행은 모두 현찰로 지불해야 한다고
불행을 만들다가 지친 아내의 사촌이 오늘은 슬픈 얼굴로
가정식 떡볶이를 만들어 줍니다
나이 마흔에 '나는 귀여운 아빠 딸' 티셔츠를 입고는
뭔가 미련을 못 버린 자세로 엉거주춤하게 서 있습니다

희망을 버려라
결심 중에서도 가장 힘든 결심입니다

체크메이트

나는 성질 고약한 원숭이다 사람 모양의 풀뿌리를 입안
에 넣고
그 쓴맛에 비웃음 흘린다 정가 600원짜리 율리시스는
값도 싸고 효과도 좋은 약이다 박카스 한 병 값에 내 인
생은
위로받았다 그런데도 도무지 모르겠다 살수록 더,
인생은 뭔가 엉터리다

예수의 머리카락이라면서 니가 성경에서 뭔가를 손가락
으로 집어낸다
하늘에 별이 없다면 우주는 더 캄캄할까
삶이 불행하다는 6에서 10퍼센트의 사람이
내 주변에는 왜 이리도 흔할까

나는 늙은 여자의 탈모 연구에 하루를 낭비했다
오진이다 그래서 나는 물만 남은 붕어 그릇을 그만 내다
버리기로 했다

긴장 초조 불안이 나를 젊게 만든다
사랑 감사 행복이 나를 늙게 한다
내 마음은 늘 배고프다
마음의 뚱보가 되고 싶다 마구 먹고 마시고 쏟아버리고
몸은 길가에 뒹구는 나뭇가지 같은 게 된다 해도

아들과 딸에게

1
헤엄칠 줄 모르는 물개, 그게 너의 아빠야
해수욕장을 혼자 떠다니는 가을 해파리

비에 얻어맞은 아기 모양의 돌
간절히 빌고 또 빌면 돌도 사람이 된단다

그런데 물은 왜 옷이 되지 못할까, 발가벗고 또 발가벗은
수선화 꽃다발
신과 우리는 한 핏줄이야, 세상은
꿀과 박하 향기 나는 늙은 처녀

잘 보면 피부 속 피도 다 들여다보여
인간과 유령은 닮았단다, 한 발로 걸어다니는 가느다란
막대기랄까
외롭고 힘겨워서, 난 지금 뭔가를 내 안에서 구해내야만
할 것 같은데

사람 속의 사람 다시 그 사람 속의 끝없는 사람을 너도 언
젠가는 만나겠지

하지만 아기들은 저절로 자라는 거란다
깊은 바닷속에서 한밤중에 모래사장으로 걸어나온 문어

애기 들려줄까
　훌륭한 일은 한 번에 이루어지는 법이 없어
　마음 한 번 바꾸려 해도 온 세계가 뒤집어져야 하니까

　아빠는 어젯밤에 염라대왕 책상에 잉크병이 쏟아지는 꿈
을 꾸었어
　상반신만 벗고 있는 지옥의 나졸들이 긴 쇠젓가락 하나로
기름지고 비린내 나는 것들만 따로 골라내고 있더라

　그렇게 닳고 닳은 녀석들만 다시 태어나는 거야
　도끼로 갈대를 찍고 있는 덩치 큰 녀석들의 지혜랄까
　넌 뭐하려고 이 생에서 죽을힘을 쓰고 있니?

2
바둑학원에서 A형 독감을 얻어온 아들이 다정하게
그걸 여동생에게 나누어주고 있다

뼈와 살 속에 갇힌, 막 걸음마를 뗀 사랑이
세상의 지혜를 구하고 있다

내게 강 같은 평화

어릴 때 마당에 쏟아버린 대야의 물이 냇물을 이루어
나 몰래 바다로 가고 있어요

얼굴 씻고 엉덩이 씻은 물이

뿔 달린 비둘기처럼 슬픈 상상도 나름의 질서와 법칙을
가지고 있어요
늙는다는 것, 죽는다는 것, 다시 어려질 수 없다는 것
고아와 고아가 만나 아이를 낳았다는 것

염불하고 있네의 참뜻을 알게 되었을 때

플러스 인생이라고요, 그건 엔트로피 법칙상 불가능하지
요,
트럼프와 김정은이 카펠라 호텔에서 악수하고 점심 먹
는 동안
나는 딸아이와 뽀로로 보고 있지요

모두가 평화, 평화를 위해서에요
식탁에 앉아 커피를 한 잔 내리며
아내가 외로워라고 말하면
나도라고 말하고 동그란 물방울처럼 웃지요

내 어마어마한 전 재산을 걸고 내기할 수 있는데,
　부처가 생전 농담 한번 할 줄 모르는 꽉 막힌 사람이었
다면
　이렇게까지 유명하진 않았을 거예요

　아파, 싫어, 이게 요즘 딸아이 입에서 제일 많이 나오는
말이라도
　그 말이 다 진짜라고 믿지 않는 것처럼요

우리 모두 다 같이 즐거웁게

볕 좋은 한강으로 자전거를 타고 갔다가
사이좋게 자전거를 밀고 오는 길이라고나 할까요
누가 누굴 도울 수 있다고요? 벽을 쌓아놓고 계단이라고
불렀습니다
다스릴 수도 없는데 어떻게 자기 마음이라고 할 수 있을
까요
다섯, 넷, 셋, 하나 망가진 초시계처럼 대충 살고 싶은데
왜 이렇게 마음대로 되지 않는 건가요?

비계 많은 돼지고기 두 근 사서
우리 즐거이 만납시다, 아빠는 먹던 약을 끊었습니다 장
난처럼 사는 게
가벼워졌습니다 아니 오리무중이 되었습니다

쏟아지는 질책에도 당신은 바보처럼 웃고만 있었습니다
홍수가 찾아와 마실 물이 귀한 하루입니다

물속 물고기가 목이 마르다던데
아빠는 아들이 목마르고 아들은 아빠가 목마릅니다

뭔가 잘못되었다고 잠시 생각했지만
다시 따져보니 서로의 열렬한 번뇌라는 게 즐겁습니다

늙은 말과 어린 악어가 어깨동무를 하고
빵집 유리문을 열고 들어갑니다

뭐가 잘못된 건지 잘 모르겠지만 결국 달콤하고 고소한
인생이라고
손님은 턱없는 턱에 걸려 넘어지고
뚱뚱하고 외로운 나의 배는 의자에 접혀 기울어집니다

끝도 없는 잡담을 당신과 하루종일 나누고 싶습니다

그런데 우리가 오늘, 아빠와 아들로 만났다는 게 참 이상
하지 않습니까?

왼발 오른발

진실하게 믿으면 장님도 마음의 눈으로 하느님을 볼 수
있다
한낮 성당에서 조용히 아들을 혼내고 있는데
좁고 긴 홀, 그 외길의 끝에서 작고 동그란 수녀가 일어
선다

우리 인생이 작은 톱니바퀴라면
아아, 나는 행복을 생산하는 기계
아들은 배고픈 나무처럼 나를 멍하니 쳐다보고 있다

원하는 건 당신 사랑이 아니라 내 인생이라고요
어린 내가 엄마에게 했던 말이 아직도 옛 동네를 배회하
고 있다

중년의 나는 어느 날 꿈을 꾸었다, 기름통의 가장자리에
서 나는 기어나가려고
애쓰고 있었다 팔인가 하고 보니 엷은 반투명의 날개였고
그것도 한쪽만 있는 날개였고, 내가 공무원이 되길 바랐
던 젊은 엄마가
비계를 문질러 프라이팬을 고소하게 달구고 있었다

매일같이 삶이라는 것이 물결치며 흘러간다고 치면
우리는 그걸 매번 놓치고 있는 셈이다

뭔가 새로운 사건이 있나, 커피 물을 끓여놓고 휴대전화
를 들여다보면
말기 암 환자의 장기처럼 세상은 뒤죽박죽으로 대책 없다
조금 전만 해도
비둘기와 주문과 흡혈귀가 가득 들어 있는
근사한 수정 구슬이었는데

아궁차락아 궁차궁차락아

오지 항아리들이 해를 빤다 피를 빤다 나는
거머리처럼 길고 너는 빈 화분 속 거미줄
지혜와 별은 한 몸
하늘에 있고 바다에 있고 니 안에도 있는

긴 혀에 붙어 여왕개미가 굴속에서 굴 밖으로 끌려나오고
간밤의 민속학적 내 꿈이 소 두개골처럼 끌려나오고

올해는 왜 이렇게 무궁화가 예뻐 보일까요 추위와 굶주
림이
나를 자라게 했어요 소나기 지나가는 빌딩이
잠시 폭포가 되는 동네에서 나도 잠시
시용향악보 같은 먹구름을 보았어요

너는 나를 모르고 나도 너를 못 알아보고
시무룩한 행인과 행인이 되어

새가 하는 말 알아듣고 돌이 하는 말은 알아들어도
사람 말은 못 알아들어
스스로를 달래는 마음이 외로워라

세상에 염증 나도 병, 세상이 그리워도 병, 굳이
없어도 될 병을 만드는 아침

아흐, 논바닥처럼 갈라지는 가랑잎 같은 마음
아궁차락아 궁차궁차락아

부드러운 바람이 불고 달콤한 비가 내린다

신성한 비에 젖도록 왕은 호숫가의 장막을 걷으라 명했다
고기잡이 명수인 늙은이가 대나무 장대에 기대어
하늘처럼 뚫린 호숫물을 들여다보고 있다
버드나무는 제비들의 무게를 이기지 못해 휘청거리고
노래 부르는 여자들이 치는 박수에 놀란 잉어들이
푸른 하늘 저편으로 슬그머니 가라앉는다

교실에선 아이가 복숭아 한 쌍을 그린다, 창밖에는 검게
타들어가는 얼굴로
더 어린 아이를 업은 엄마가 여자아이 손을 잡은 채
가랑비에 젖는 횡단보도를 건너고 있다
둘이 잡은 손이 찻잔과 그걸 잡은 손 같다

하늘이 이걸 만들었다면 나도 똑같은 걸 만들 수 있어
다른 사람이 버린 것을 뒤져 수레에 싣는 여자
고양이는 새끼를 버리고 왕은
첩을 버리고
낡은 도끼는 나무 자루를 떨어뜨린다

가을이 온다, 고아원 여선생이 새로 들어온 원생을 데리고
동네 한 바퀴를 다 도는 동안에도 버스는 오지 않고
바로 그 순간 구름은 찬비를 버린다

슬픔은 언제라도 자신의 문을 활짝 열고
뜨내기손님을 기다린다

사랑, 그것은 포근한 털 속의 지방덩어리처럼

그는 으르렁거리며 그에게 덤벼드는
대략 200킬로그램쯤 나가는 거구의 불안을 죽여
작업대 끝에 목을 매달아놓았다
앞날에 대한 두려움이라곤 전혀 없다는 듯이 그는
느긋하게 담배를 한 대 피운 후 가죽잠바를 입고 칼을 뽑
아들었다
무슨 근사한 세계라도 그 안에 숨겨져 있다는 듯이
그는 불안의 피부를 벗겨내고
시간과 우울로 분리해나갔다
무서울 게 없다면
하늘조차도 깊이가 아니라 하나의 얇은 막에 불과하지 않
은가

평범하고 속된 것이 골목을 배회하다 문득 길을 잃었다
는 생각에
주저앉아 울고 있다

소가 죽어 그 소 때문에 세상이 어두워지면
그것이 옛날이야기라 하더라도 마음에 괴로움이 생겨나
듯이
그의 오지랖에서 떨어져 나와
피를 토하고 죽은 그 물체가 차디찬 용서였을 수도 있겠지
이미 그에게는 없는 것, 자신에게서 없어졌다는 것도 모

르는 채로

—

—

수지 큐

아무런 죄의식 없이 삶을 즐기는 자는 강하다, 새벽 네시
4층 아주머니가 동네 빈 술병을 모아와
연립 뒤뜰에 풀어놓는 소리 듣는다

3층 변기물 쏟아지는 소리가
내 두개골 속에 마른 비를 한바탕 퍼붓고 간다

모과나무는 썩은 망치 같은 걸 들고 있다
내가 모르는 내가 비에 젖은 거리를
밤새 걸어다니다가 돌아오면
병신이 되지 않은 게 기적이라는 생각이 든다

좋은 것은 저절로 이루어진다, 가여운 사랑스런 나의 아
이들이
창백한 얼굴로 잠꼬대를 한다
엄마, 사랑해요, 아빠, 아빠는 무슨, 똥놈

대체 나는 무얼 하는 사람인가, 서커스 곰이 유리병 위에
서 발이 미끄러지고
막대기에 붙은 접시와 함께 점프한다
ㄴ이 ㅁ으로 ㅁ이 ㅇ으로 ㅇ이 ㅊ으로
파도가 나를 밀친다 파도는 나를 깔고
엎어지고 웅크리고 두 발로 마구 찬다

나는 그런 파도라도 붙잡고 늘어진다

원하는 것이 반만 이루어져도 고통은 두 배가 될 것이다

누가 한 말인지 모르겠으나 당신의 걷는 모습이 좋아, 당신 말하는 방식이 나도 좋아

사랑을 구하는 내 마음이 진창에서 빠져나오지 못하는 바퀴 같다

마르고 닳도록

마르고 닳도록 이 세상에서 살고 싶다고요? 네 시간째 이 불장에 숨어 있다가
아무도 찾지 않자 작은아들은 잠이 들었습니다
아무런 근심 걱정 없이 하루가 저물었습니다

마음을 보는 카드놀이, 초록 외계인의 광선 검을 맞고 나는 흰 아기 코끼리가 되었습니다
아들은 입으로 사이렌 소리를 내며 죽은 나를 뒤집고 또 뒤집습니다
지옥에서 불과 세 발자국 떨어진 곳에 이 세상이 있습니다

다리가 쌓이고 팔이 쌓이고 가면 같은 얼굴이 쌓이고
그리움이 쌓이고 거듭거듭 가을이 가고 불면이 쌓이면서
불안한 몸을 뒤척이면

딸은, 아빠는 피곤해 피곤해라고 외치며 의자 위에서 말발굽 소리를 냅니다
내 꿈의 세계가 도면처럼 펼쳐지면
그곳에서 당신은 무엇을 발견할까요

끝없이 열린 길, 언젠가 나는 사랑스런 내 딸을 나의 고향이라고 부르겠지요
만세, 만세, 만세 나는 영혼을 아주 싼값에 팔았습니다

나는 못된 남편이고 호통치는 아빠였습니다
오늘만은 나도 어린아이가 되어
머릿속을 몽롱하게 떠다니는 아내의 고민과 걱정을 씻어
주고 싶습니다

저기, 프라이드치킨과 청량음료를 기다리며
새끼 곰들처럼 비쩍 마른 굴참나무 가지에 식구들이 하나
씩 매달려 있네요

증발

미아리 지옥, 신당동 지옥, 마포구 지옥을 지나
미국 배 타고 먼 길 건너온 날벌레가 투명창에 붙어
내 얼굴 물끄러미 쳐다본다 밀물 같은 시계 소리 째깍거
리는
계략이 전혀 통하지 않는 천진한 바보처럼

보람도 없고 의미도 없는 하루하루의 반대말을 찾으려고
보따리장수 중국 여자가 아침부터 딸 둘과 함께 땀 흘리
는 하루

첫째는 엄마 안 볼 때 둘째를 쥐어박고
둘째는 둘째대로 유리문 뒤로 자꾸 숨는데

오늘은 알바 욕하면서 이쁜 여자친구와 빙수 먹는
중년 남자 사장이 신기하고 이상도 하다

투구벌레들이 당구공처럼 튕겨 가을 꽃밭을 나뒹구네 하
하호호
나는 노린내 풍기는 집게벌레 이 세상 잡은 손 놓고 싶
지 않아

불이 붙는다 물을 끼얹는다 내게
스며 있는 영에게 울음으로 호소한다

늙어빠지기 전에 염치없어지기 전에
무기력에 녹아나기 전에

밑바닥이 꺼져 그 속으로 빠져버리기 전에

때가 되었다

그 여름 나는 하늘과 땅이 하는 소리를 다 들었다
바윗돌이 고함치는 소리와 붕어와
자라가 대야 속에서 귓속말하는 소리를 들었다

나는 아팠고 내 영혼은 거지꼴이었다
대로의 사건은 퇴역 장교 최의 모자를 허공으로 날려버
렸고
나는 사람이 죽어 쌀자루 속에 들어가는 것을 보았다

아내와 나는 같은 세숫대야에 얼굴을 씻지 않는다
아들과 딸 하나씩을 발명하고 우리는 기진맥진이다
작은 호랑이처럼 헐떡이는 아이들
김이 다 달아난 밥 한 공기를 놓고
위층에 새로 세든 불행한 엄마와 그녀의 엄마가 차례로
벽에다 그릇 던지는 소리를 듣는다

내일은 넋이 빠져나간 외할머니를 보러
시외버스를 탈 것이다
죽음은 어떤 장소도 시간도 아니다, 죽음은 오히려 반듯
한 질서.
구포국민학교 2학년 오후반 이후 나는 늘 지각중이다
누가 X를 죽였는지, Y와 Z는 언제 죽을 건지 곰곰이 따
져보다가

딸의 기저귀 가는 소리, 어린 아들의 화장실 슬리퍼 끄는
소리에 놀라
  질척이는 꿈에서 깬다

  나는 내가 노래한다 믿었으나
  사람들은 내게서 으르렁거리는 소리만을 들었다
  지금 시간 오후 세시
  사랑의 마음이 없다면 정말로 나는 아무것도 아니다

당신과의 식사

현대인이라는 당신에게 옛날에 대해 물었다
얼굴에 혹 같은 귀만 있는 관음보살님이 붕대를 풀 듯이
내 손바닥에 대고 말했다 당신이 낳은 남자 딸이 있다면?
대추말벌이 땅속에서 울고 있다 내 고막은 보자기
울음소리를 보물처럼 싸고 있다
키가 나보다 20센티미터는 큰 여자가 나의 아내였다
나는 아내를 껴안은 듯이 허공을 붙들고
빙글빙글 떨어졌다
복숭아와 살구가 익어서 떨어진다
훔치고 싶은 것도 죽이고 싶은 것도 없는데
우물은 저 혼자 깊어진다
간석 남부역 앞 나무 벤치에서 나는 익사했다
영혼은 작은 육체 속에 들어 있는 것이 아니다

찻잔 속에 그려진 시동과 악사가
뜨거운 물 속에 잠긴다 아득하다
타락하지 않으려면 이미 죽어 있어야 한다고 당신은 말
하지만
이승의 문제는 이승의 문제고
다음 세상 문제는 다음 세상 문제만이 아니라는 것에
당신은 절망한다
당신의 절망을 나는 현미경으로 자세히 관찰하고 싶다
감기 걸린 개가 기침을 한다 콧물 흘린다

혼자 사는 중년 미인의 집에서 생강차 달이는 냄새가 난다 ⎯
이 꿈에서 깨어나고 싶은데 방법이 없다

엉클 패닉

나는 안팎이 같은 다섯 개 카드로 만든 집, 자신이
패닉 상태인 줄도 모르는 사촌이 오늘도
통화할 사람을 찾아 전화번호를 뒤진다 언젠가
한번은 뭔가 그럴싸한 걸 올려놓았던 것 같은
사각 받침대 같은 인생, 날버러지 한번 찾지 않은
꽃봉오리가 마른다

넌 신이 잘못 낳은 불량품이야
내 본질이 다 드러날 때까지 날 깎으면 대팻밥 같은 것
만 남겠지
나도 양동이에서 시원하게 쏟아지는 물 같은 게 되고 싶
었다

인생은 검다 페인트 맛이 나는 낙원, 신은
노랗다, 아니 빨갛다, 아니 파랗다, 반반이다

신은 살아 있다 죽은 적이 없다 아니아니 반은
잠들어 있고 반은 깨어 있다 누구라도 갑자기
죽는다 그리고 뜬금없이 태어난다 오늘은
신경질적이고 변덕스러운 눈이 내린다 핑계 김에
여자는 거울 밖에 복제된 여자에게 혼잣말을 건넨다

나는 나의 제일 소중한 단골이고 VIP야

부모님 은혜

입구라고 생각했는데 출구였다
전생의 부모님은 죽어서 약초가 되었다
영양실조에 걸린 밭이 자갈돌을 품고 있다 신문을 읽으면
차별을 알게 된다 나는 너와 다르다
시계의 1초들처럼 이슬비가 내린다
은혜 갚는 줄도 모르고 쥐는 고양이를 피해 달렸다 고양
이는 민화
속의 호랑이처럼 근심걱정을 잽싸게 낚아챘다
어진 그릇과 대접이 굶주림을 달랜다 울지 마라 아가야
가족은 나의 직장이다
나는 실직했다 해인사에 갔다
지나가는 행락객이 중국산 산나물이라고 했다 큰 대접에
비빔밥을 비벼먹고 대청마루 소나무 기둥에 등을 기대
고 앉아
하늘을 내려다보았다 낮잠 자고 있는 딸의 주먹을 펼쳐
보니 영롱한
구슬이 땀에 절어 있다 인생은 정밀한 기계다
말씀으로 생겨난 세계라 가끔은 벙어리가 되었다
내용이 뭐냐고 물으니 백지는 유리거울이 되어 금이 갔다
동그란 거울이었다 참을성 많은 아내를 가져
나는 행복하였다

나는 착한 사람이 아니다

여자는 나무 꼬치로 은행알을 꿰고 있다
과도로 한 남자가 다른 남자의 아랫배를 찔렀다는 기사
가 거실 바닥에
깔려 있는 평범한 가정집이다
앞자리의 급우를 지독하게도 괴롭혔던 H가 생각나는 아
침이다
2년제 대학에 들어갔다가
지금은 양계장을 한다는 소식을 들었다
나는 그가 무슨 어마어마한 일을 저지를 줄 알았다
어둠의 세계의 피도 눈물도 없는 보스가 될 줄 알았다

오늘 나는 흑인 혼혈아가 되어 있는 꿈을 꾸었다
백인이 너무 되고 싶어서 한참을 울었다
분하고 억울해서 나를 이렇게 만든 누군가에게 복수하고
싶었다

바람이 분다 고개를 숙이고 걸어가라
이런 날은 하늘을 쳐다보지 마라
억울하게 죽은 사람이 울고 있다
파란 하늘이, 눈물마저 마른 사람이 울고 있다

너는 보겠지, 옥상의 포대기 속에서
땅속에 ㄷ자로 세워진 정화조 속에서

혼자 방치된 안방에서
일산대교 아래에서
장기말에 치여 세상 밖으로 떨어진
어떤 방심한 파란색의 장기말을

생활은 어떻게 그 안에 불안과 외로움을 품고 있는가
오늘은 까마귀들이 옥상 텃밭의 상추 씨앗을 다 파먹었다
나는 자동차와 오토바이들이 마차와 말로 보인다
나도 안다, 내가 중세인이라는 것을

하지만 세상이 이미 악의 손에 떨어져 있다면
이런 식으로 굴러갈 리도 없을 테지
그 정도는 어리석은 나도 짐작하고 있다

세상에 신을 배신할 용기를 지닌 자가 어디에 있으랴
신을 모르기 때문에 겁 없이 그렇게 하는 것일 뿐

뭔가가 지금 나를 알뜰살뜰 꿰고 있다
티브이는 현재 발리에서 생긴 일을 재방송중이다
진지하게 그것을 보고 있으면
괴롭고 슬퍼서 채널을 돌리게 된다
드라마는 되도록 더 허황되며 상투적이고 과장되게 만들
어야 한다

— 그리고 마음에 담아두지 말고 날마다 잊어버려야 한다
뭔가 좋은 것이 그 안에 약간은 담겨 있었다 해도

—

하늘의 마음

커피를 코트에 쏟아서 세탁비를 물어주어 얼마나 다행인가
저녁이 와서, 원하는 것을 얻어오지 못해서
또 얼마나 다행인가

길가의 갈대를 꺾지 않아서, 부모를 내가 고르지 않아서
아들이 내 말을 안 들어서 또 얼마나 다행인가

시장 고무 대야의 자라를 사서 풀어주지 않아서
사격에 소질이 없어서
사람을 죽이지 않아서
금값이 비쌀 때 금니를 해 넣어서 또 얼마나 다행인가

벚꽃놀이를 못해서
죽을 만큼 아팠다가 나았다가 다시 아파서
직장을 잃어서, 신년운세를 보지 않아서
얼마나 다행인가

또 용서받을 잘못이 있어서, 살고 싶은 마음도 생겨서

대치동 은마상가의 지하식당에서 늦은 점심을 먹는다
액자 속의 사람들은 모두 작은 점포의 주인이고
손님은 나와 우리 가족뿐이다
나는 차고에 목 없는 작은 불상을 놓고 융단을 깔고
융단의 끝에는 빈 의자를 놓는다
걸렛더미 같은 내가 한때는 아버지의 형제였던 누군가의
얼굴을 떠올리면
기억나는 것은 그의 빈 얼굴과 틀니뿐
새로운 마음을 갖게 해주세요
오십에 아직 서른다섯의 얼굴을 갖고 마음은
괴물이 된 지 오래인 미녀가 공짜 떡을 한 개 쥐고
지하실을 배회하고 있다 나를
개조해주세요 귀만 남은 유령이
입만 남은 유령을 통과해가는
고치로 자신의 온몸을 감싼 죽은 외삼촌이
탐욕스럽게 윤기 나는 후무사자두를 혀로 핥고 있다
우연이 없다면 지금 내가 너에게 팔을 내어주지는 못했
겠지
뜨내기 비를 벗으로 삼은 가로수는 외롭다
한쪽 구두를 벗고 외다리 테이블이 된 내 영혼이
잘린 머리 같은 것을 쟁반 위에 올려놓고
티브이의 볼륨같이 지하세계의 소음을 0으로 맞춘다
누드의 남자 둘이 레슬링을 하고 있고

카페 테이블엔 일제 지폐뭉치가 컵 아래 깔려 있다
사람이 생활과 근육과 노동밖에 없다면
개미와 무엇이 다른가
안인가 밖인가
밤하늘의 별들이 올가미처럼 무엇인가를 기다리고 있다
사람은 자신이 시공간에 묶여 있다고 착각하지만
그것은 이 세계가 뭔지 모른다는 의심을 죽이는 일일 뿐
이다
놀고 싶다 사랑하고 싶다 이렇게 중얼거리다가
잘못 어른이 되어버린 형은 여름의
아이스크림처럼 녹아버렸다 그것 봐 이게 훨씬 낫지
개와 유령과 코와 뺨이 한 얼굴로 뭉개져
웅덩이 같은 벽거울에 떠오른다

발문

사랑의 목소리로

박상수(시인, 문학평론가)

1. 시로 만들어진 궤도

박판식의 첫 시집『밤의 피치카토』(2004)에는 서정적이고 풍부한 백일몽과 중세풍의 이교도적인 상징물이 가득하다. 내가 박판식, 이라고 하는 시인을 처음 제대로 읽은 것도 바로 이 시집을 통해서였다. 머리는 사람이고 몸은 수탉인 늙은 악사, 인동초무늬, 사라사 천, 장밋빛 마르코, 목관악기 소리, 홍방울새, 피치카토…… 그의 시적 화자는 누추하고 냉혹한 현실 앞에서 자신만의 풍요로운 몽상을 이면으로 중첩하여 이곳에 잠재된 다른 곳의 기쁨을 아름답게 암시해주었다. "나는 새해 선물로 붉은 털실로 짠 보드라운 장갑 한 켤레를 원한다"(「우연한 수확」), "나를 들어 올려다오/저녁의 구름이여, 뿔고둥 속의 파도소리여"(「한여름 밤의 꿈」), "나를 한없는 전율의 기쁨에 떨게 했던 그 짧은 여름의 구름과 뇌우들"(시인의 말)과 같은 구절들은 읽을 때마다 아득히 고양되는 감각 속에 몸을 맡기도록 부드럽게 나를 이끈다. 피어오르는 꿈의 끝에 이상하게도 나는 파란색 바가지에 햇빛이 아른대는 차가운 약수를 떠서 마신 것처럼 온몸과 정신이 환해지는 심정이 된다.

돌아보니 어느덧 그와 문우(文友)라고 할 만한 사이가 되어 있었다. 2000년대 초중반의 일이다. 지금은 없어진 문예지로 내가 먼저 등단하고, 일 년 뒤에 그가 등단하여 엇비슷한 시기에 시를 써나가기 시작했다는 점이 가장 중요한 계

기였을 것이다. 한 살 많은 그는 형 노릇을 톡톡히 했다. 말
주변이 없고 내성적인 나를 그는 여러모로 챙겨주고 이끌
어주었다. 곁에서 보니 그는 자기 스스로 설계를 마치고 발
사된 우주왕복선 같았다. 지상 기지와의 통신 따위는 가볍
게 웃어넘기고, 거대한 중력을 뚫고 감당할 수 없는 고온을
견디며 미리 설정해둔 궤도를 향해 그는 높이높이 올라가
고 있었다. 그 궤도는 '시'로 만들어진 궤도였다. 일상의 모
든 행동과 언어와 생각이 '시'라고 하는 일점을 향해 집중된
사람을 보는 것은 정말 진기한 경험이었다. 시가 뭔지도 모
르면서 갑자기 시인이 된 나와는 다른 사람. 드높은 그 사람
과 자주 어울렸다.

2. 도시 변두리 정서

군이 설명하지 않더라도 우리에게는 서로 통하는 공통의
감각과 정서 같은 게 있었다. 그건 아마도 '도시 변두리의
키치적이고 낭만적인 정서'라고 부를 만한 게 아니었을까
생각해본다. 박판식 시인은 경남 함양에서 태어났지만 초등
학교에 들어가기 직전 부산 사상을 거쳐 구포 지역으로 터
전을 옮겨 살게 된다. 1980년 전후의 구포동 풍경을 떠올릴
능력은 되지 않지만 2005년 한 잡지의 '특집'란에 실린, 아
마도 초등학교 저학년 시절일 것 같은 그의 사진 한 장을 보

고 고개를 끄덕인 적은 있다. 초등학교 시절의 그는 앳된 얼굴에 마른 몸을 가지고 있었다. 청바지에 받쳐 입은 화려한 반팔 남방이 먼저 눈에 들어오지만 곧이어 시선을 두게 되는 것은 구포동 산동네 언덕길, 그리고 사진 양쪽으로 늘어선 엇비슷하게 생긴 집들이다.

나중에 전해들은 것이지만 이 사진을 찍던 때를 전후로 박판식은 한동안 힘든 시기를 보냈던 것 같다. 말을 바꾸자면 사진을 찍을 당시는 그도, 그의 가족도 잠시 편안했던 시기였다는 말도 된다. 흙길이 아니라 포장된 길인 것을 보니 그나마 정비가 어느 정도 이루어진 이후의 풍경임에도 여전히 남아 있는 길 양쪽의 하수로에는 오수가 흘러내리고, 아이들은 머리를 맞대고 땀을 흘리며 놀고, 또 언덕길을 달려내려오다가 넘어져 무릎이 깨지기도 할 것 같다. 울음소리를 따라가다보면 다닥다닥 붙어 있는 집들의 담벼락 안쪽에서 겹쳐 들려오는 밥상 차리는 소리, 세수하는 소리, 엄마, 하고 부르는 소리. 어느 집에서인가 끓이는 찌개 냄새가 멀리 가지 못하고 고여 있다. 남의 집 부부싸움은 물론 아이들이 공부를 잘하는지 못하는지까지도 실시간으로 중계되었던 곳. 본능적으로 이런 골목의 풍경들을 상상하고 이해하게 되는 것은 나 역시 신림동에서 출발하여 봉천동, 대림동, 고척동 등 서울 서부 지역 변두리 동네에서 유년 시절을 보냈기 때문일 것이다. 이런 지역에 자리잡은 우리의 부모는 대체로 일찍 고향을 떠나 그야말로 '먹고살기 위해' 밑바닥에서부터 온갖 노동을 감당해야 했던 사람들이기도 했다.

그러나 어디든 아름다움은 있었다. 어른 한 명이 겨우 걸어갈 정도로 좁은 골목길이 주는 이상한 안온감. 미로처럼 이어지고 갈라지는 길의 느린 시간 경험과 묘한 기대의 뒤섞임. 가끔씩 나타나는 공터에는 알 수 없는 잡풀들이 웃자라고 용도를 알 수 없는 고철이나 지저분한 생활 쓰레기가 버려져 있기 일쑤였지만 그 사이로 문득 시야가 트이고 누군가 정성스레 흙을 채운 사과 궤짝 안에는 작고 노란 꽃들이 피어 있었다. 그러면 숨겨진 보물을 발견한 사람처럼 탄성을 내뱉기도 했다. 현대적 도시의 세련된 감각과는 거리가 먼 이러한 키치적인 변두리의 기억은 일정 정도의 계급의식과 함께 복합적인 공감각으로 우리 몸에 흔적을 남겼다. 박판식의 두번째 시집 『나는 나와 어울리지 않는다』(2013)를 두고 "이 시집의 시적 정서는 도시 주변부 거주민(혹은 상경한 도시 정착민)의 것이며, 노동계급의 것일 뿐 아니라, 세대적으로 볼 때 '가난한 집 착한 남자애들'"[1]의 것이라는 점에서 독특하다고 말했던 것은 유효적절한 포착이라고 나는 생각한다. 우리가 착한 아이였는지는 모르겠지만 남루한 현실 이면의 아름다움을 꿈꾸던 소년들이었음은 분명한 것 같다.

---

1) 함돈균, 「도시 주변부 소년의 형이상학」, 『창작과비평』, 2013년 겨울호, 419~420쪽.

하지만 두번째 시집에서 "껍질을 깨고 나온 색깔 없는 팔색조가 고통으로 울지만/인생은 벌써 알록달록한 아홉 가지 색깔을 마련해 두었다/나는 더러움과 덧없음을 빨아들이는 구멍"(「전락」)이라는 그의 목소리를 들었을 때 나는 놀랐다가 이내 슬퍼질 수밖에 없었다. 그의 시적 화자가 어느덧 "색깔 없는 팔색조"의 옷을 빌려 입고 소리 죽여 울고 있었기 때문이다. 우주왕복선만 기억하고 있던 내게는 낯설고도 서글픈 순간이었다. 팔색조인데 색깔이 없는 채로 태어나다니. 하지만 이 울음이 고통의 끝은 아니다. 인생은 "알록달록한 아홉 가지 색깔"(나에게는 이것이 '셀 수 없는 고통'의 다른 이름으로 읽힌다)을 이미 준비하고 있으니 팔색조는 지금 울지 않아도 살아가면서 무수한 고통을 겪게 될 것이고 원치 않아도 저절로 팔색조가 되어갈 것이다. 문제는 이런 것이다. 나중에 진짜 팔색조가 된다 한들 그게 기쁜 일이라 말할 수 있을까. 그런데 '고통'을 통해서만 팔색조가 될 수 있다면…… 그때는 웃을 것인가 더 크게 울 것인가.

이처럼 박판식은 인생의 해결할 수 없는 근원적인 슬픔을 '아포리아(난관)'에 담아 우리 앞에 보여줄 때가 많다. 그에게 삶은 하나의 거대한 수수께끼이다. 풀려고 애를 쓰면 달아나고, 풀었다고 생각하는 순간 더 나아간 것이 아니라 도로 제자리에 돌아와 있는 기이한 역설. 이런 게 인생이라면 나는 발버둥을 쳐서라도 도망가고 싶을 것 같다. 순간의 환상을 통해서라도 아름다움을 만나보고 싶고, 그러지

못할 거라면 삶을 향해 원망과 쓴웃음이라도 토해내고 싶어
할 것이다. 하지만 그는 달랐다. 인생의 본질적인 슬픔 앞
에서 그는 "나는 더러움과 덧없음을 빨아들이는 구멍"이라
고 중얼거린다.

이번 시집의 "나도 내 인생이 내가 가진 최고의 보물이/
아니라는 것을 안다//새로움이나 시작이 없는 인생, 그것
은/뒤죽박죽이자 서늘한 영원이다"(「벨」)와 같은 문장을
통해 알 수 있듯이 체념과 인정, 그 어딘가를 서성이며 그
는 삶과 이 세계를 관찰하기 시작했다. "아! 행복해라고 중
얼거린 죄로 여자는 며칠째/어두운 곳에서 뻗쳐온 슬픔에
괴롭힘을 당하고 있다"(「이 아이는 누굴까」)는 인과는 상
식의 차원에서 이해할 수 없는 것이다. 하지만 삶의 본질을
알아버린 사람에게는 '행복'조차도 더 큰 불행의 전조가 아
닐지 늘 염려하는 가운데 짧게 누릴 수밖에 없는 것이 된다.

심지어 그는 악몽에서 깨어 모든 것이 꿈이었다는 것을
알고도 가슴을 쓸어내리며 안심하는 것이 아니라 사라지지
않는 생생한 꿈의 실재감에 대하여 담담하게 말하는 쪽을
선택한다. 꿈조차도 그에게는 현실이다. 두번째 시집에도
아득하고 아름다운 '뿔고둥 속의 파도소리'와 '붉은 털장갑'
과 '여름 구름, 그리고 뇌우들'의 흔적이 남아 있기는 했지
만 첫 시집에 비하면 그것은 색이 바랬거나 상당 부분 지워
져가고 있었다. 세번째 시집으로 접어들면서 그는 그야말
로 생활 세계의 한복판에서 삶과 함께 얽히고설킨 채로 땀

을 흘리며 씨름하고 있다. "나는 꽤 오랫동안 내 흠 때문에 사람을 망칠까봐 사람을 사귀지도 않았다/부자가 되면 시를 잃을까봐 돈도 멀리했다"(「슬기로운 삶」)는 말은 내가 아는 한 거짓일 수가 없는 말이다. 그가 쓰는 시도 이 노력의 한복판에 같이 있음은 물론이다.

3. 사는 것이 바로 여행

그사이에 박판식 시인은 결혼을 했고, 자상한 남편이 되었고 사랑스러운 아이 둘의 아빠가 되었다. 동시에 여러 일을 하고 공부를 하며 시를 쓰는 삶을 이어나갔다. 이제 우리는 언제든 만날 수 있는 사이가 아니라 어렵게 시간을 만들어야 만날 수 있는 사이가 되었다. 그는 가끔 내게 전화를 걸어왔다. 그러고는 이런저런 안부를 묻다가 슬쩍 이런 말을 꺼내기도 하였다. "꿈에 네가 나왔는데 무슨 일 있는 건 아니지?" 반대로 내가 먼저 전화를 걸 때도 있었다. 그러면 그는 "마침 나도 네 생각을 하고 있었는데 전화가 왔네"라며 다정하게 웃곤 하였다. 그렇게 일이 년이 훌쩍 지나가는 시절들이었다. 책임져야 할 것은 더 늘었고 우리 자신보다 사랑하는 사람들을 위해 더 많은 시간을 내야 하는 시기를 통과하고 있었다. 시인은 저 높은 궤도를 향해 돌진하던 사람이었으니 시를 위해서라면 생활 세계의 남루함 따

위는 쉽게 벗어던질 줄 알았는데 그건 나만의 착각에 불과
했다. 그는 자신의 가족을 극진하게도 아꼈다. "가족은 나
의 직장이다"(「부모님 은혜」)라는 말을 나는 비유가 아니라
사실로 받아들인다. 우리는 사랑하는 사람들의 안위는 아
랑곳하지 않고 자신의 예술혼을 불태웠던 작가들의 이야기
를 여러 개 알고 있었지만 그건 어디까지나 아득한 신화 속
의 먼 이야기였다. 어떤 때는 아이를 안고, 또 어떤 때는 유
아차에 태워서 그는 만남의 자리에 나타나고는 했다. 우리
는 같이 시장을 구경하고 백반집에 들러 식사를 하고 서로
의 손에 과자나 케이크, 아이들 용돈을 들려 보내고는 하였
다. 이런저런 대화의 중간에 가끔 그는 웃으며 "여행을 갈
필요가 있니. 사는 게 여행인데"라는 말을 남기기도 했다.
나는 멀어져가는 그의 뒷모습을 지켜보았다. 그도 나를 오
래 지켜보아주었다.

　"미아삼거리에 살고 있는데요. (……) 당분간은 다른 동
네로 이사 갈 마음이 생기지 않을 만큼 사건과 사고가 끊
이지 않습니다. 점집도 많고 술집도 많고 잡범도 많고 소
시민도 많습니다. 저한테는 그들이 뮤즈인 셈이고요"[2]라
는 말처럼 이번 시집을 읽다보면 2022년 현재에도 여전한
도시 변두리의 삶, 그 구체적인 인간 군상과 세목들이 담

---

2) 이근화·박판식 대담, 「고양이의 보은」, 『날개 돋친 말』, 천년의
시작, 2014, 122쪽 중 박판식 시인의 말.

담하게 그려지고 있음을 확인할 수 있다. 유부녀를 만나다가 건강식품 방문판매를 하겠다고 돈을 빌리러 다니는 사촌과 엄마 눈치 보느라 주차장에 나와 쭈그려앉아 담배를 피우는 이혼녀와 양말에 넣어둔 돈 구천원을 찾으려고 구제 옷가게와 자신이 일하는 다방까지 나가 샅샅이 뒤지는 여자(「크로노미터」), 신이 새로 내리지 않아 도력이 약해진 탓에 악만 남아서 자기 집 담벼락에 쓰레기 버리는 사람을 저주하는 문장을 적어놓은 김보살(「버선발에 슬리퍼를 신고」), 뇌졸중으로 남편을 잃은 뒤 고양이 우는 소리가 듣기 싫어 밤마다 창문을 두드리는 늙은 여자(「울룰루」) 등등. "삶이 불행하다는 6에서 10퍼센트의 사람이/내 주변에는 왜 이리도 흔할까"(「체크메이트」)라는 말에 고개가 끄덕여질 정도이다.

박판식의 시적 화자는 어떤 커다란 깨달음이나 서정적 도약도 덧붙이지 않고, 또한 선악의 판단도 가하지 않으면서 이들의 이야기를 시 속에 점묘화처럼 들여온다. 보통 멋진 해석이나 깨달음이 나와야 할 자리에 그는 또다른 수수께끼를 배치하여 마치 작은 구슬을 꿰듯 미로 같은 삶을 증명한다. 그는 어설픈 감상이나 뻔한 성찰을 싫어하고 차라리 삶 안에서 뒹굴며 자기의 육체로 모든 것을 살아내는 것을 선호한다. "비참하게, 아름다운, 모자이크화"(김언)라는 표현도 그래서 가능했으리라. 나는 여기에 덧붙여 "사람이란 살아 있는 동안에 고생을 하게 되는 많은 조건이 있어서 사람이란 고(苦), 고생의 존재이지 낙(樂), 즐거움은 극히 일부분뿐인 것입니다. 그것을 불교에서는 '삼계가 불타는 집이고, 사생이 고해이다'라고 표현하고 있습니다. 삼계, 즉 중생이 사는 우주 전체가 불타는 집과 같고, 사생, 생명으로 태어나는 모든 것이 고통의 바다이니, 불타는 집에서 고생만 하고 사는 것이 인생이라는 것입니다."[3]라는 말도 덧붙여두고 싶다. 박판식은 자신을 제물로 바쳐 삼계가 불타는 집이고 사생이 고해인 이 세계를 생생하게 보여준다. 그의 시를 읽다보면 뒤엉킨 실꾸러미를 풀어야 하는 막막한 심정이 되지만 그것이 삶이라는 것을 어쩔 수 없이 인정하게 되는 순간이 찾아오기도 한다. 그런데 그 모든 순간이 한결같이 삶에 기반한 구체적 에피소드와 생생한 실감들에 기반하고 있어서 놀랍다. 도시 변두리 생활 세계의 실감과 삶의 구체성을 이렇게까지 놓치지 않고 있는 드문 사례라는 점이 내가 그의 시편들을 사랑하는 이유이기도 하다.

'현생(이곳)'이 아니라 '내세(저곳)'에서 영생과 행복을 추구하는 기독교와는 달리 불교에서는 '현생(이곳)'이 세계의 전부이며 이곳 말고는 다른 곳이 없고, 마음의 거울에 먼지가 끼어 제대로 보지 못할 뿐 인간 존재 하나하나가 모두 이미 부처와 같다고 말한다. 누군가에게는 그냥 쉽게 나

---

3) 성철·법정, 『설전—법정이 묻고 성철이 답하다』, 원택 엮음, 책읽는섬, 2016, 155쪽 중 성철 스님의 말.

쳐갈 도시 변두리의 일상과 인간 군상에 불과할지 모르겠으나 사실은 한 사람 한 사람이 모두 부처이고 부모이고 스승인 셈이다. 그렇다면 타인을 탓할 것이 아니라 자신을 수련하여 세상과 타인의 진면목을 보기 위해 매일매일 노력해야 할 것이다. 앞선 세속화로 다시 돌아가보면 결국 사촌, 이혼녀, 다방 여자, 김보살, 늙은 여자 등은 박판식이 그려낸, 우리 사회의 가장 낮은 자리에서 고통받는 사람들이며, 이러한 시편들은 고통과 불행 속 인간의 욕망과 외로움, 어리석음과 이기심, 그럼에도 불구하고 살아보려는 시도와 실패의 흔적 등을 고스란히 담고 있는 생생한 풍속화첩이라 해도 손색이 없다.

또한 대체 삶이 무엇인지, 인간은 어떤 존재인지 의문을 던지는 목소리 때문에 그의 시는 독특한 구도적 분위기를 풍기기도 한다. 예를 들어 이번 시집의 인상적인 시편 중 하나인 「작은 사건」에 등장하는 에피소드는 어떤가. 시적 화자는 불현듯 이유도 없이 "저와의 약속을 잊으셨어요?"라는 소리를 듣는다. 피로에 지쳐 있을 때나 고향 언덕에서 까마귀를 구경하고 있을 때, 북한산 마을버스 종점에서 버스로 잘못 올라탄 벌 한 마리의 행방을 지켜보며 계속해서 환청처럼 저 소리를 반복해 듣는 것이다. 우리는 당연히 저 말의 출처와 기원을 상상해보면서 화자가 누구와의 어떤 약속을 잊은 것인지 그 내용을 궁금해하며 따라가게 된다. 그런데 이 시가 돌연 기이하게 휘어지는 순간이 찾아온다.

시적 화자가 "나는 약속을 잊었다, 약속을 잊은 사람이 다/가만히 인정하고 나니/꿈만 같은 나의 모습이 작은 회오 리바람처럼/북망에서 천천히 걸어나오고 있었다"라고 말 하는 대목이다. (내용은 모르겠지만) 잘못을 인정하는 순간 화자는 얽매여 있던 사슬이 풀리는 것 같은 자유를 느낀다. 결국 우리가 알게 되는 것은 내가 고통받는 것은 다른 누군 가의 탓이 아니라 나 자신 때문이며(약속을 잊은 잘못을 저 질렀으니까), 내가 그 죄를 인정하면 죽은 자들이 가는 '북 망'에서 다시 삶 쪽으로 걸어나오게 되는 것이다.

그의 시적 화자는 이 세계 안에서 수수께끼 같은 삶의 진 실을 탐구한다. 그는 세속의 사람들을 관찰하고 또한 자기 자신을 관찰하며 제대로 보려 애쓰고 그것을 시로 기록한 다. 매일의 삶에서 이들을 만난다면, 그리고 자신 또한 타 인처럼 관찰할 수 있게 되면, 이들이 바로 삶의 뮤즈요 스 승이 되는 것이다. 이제는 깨달음을 얻기 위해 일부러 멀리 갈 필요가 없어진다. 사는 것 그 자체만으로도 늘 새로운 체 험이고 의도치 않은 배움을 얻는 긴 여행이라고 말할 수 있 게 되는 것이다.

4. '오독'의 풍요로움

나는 그의 결혼식에도 참석했고(사회를 봤다) 약수동 신혼집에서 출발하여 현재 살고 있는 집에 이르기까지 한 번 씩은 모두 초대를 받아 가보기도 했다. 누군가 그의 삶을 들여다본다면 곳곳에 갈피처럼 끼워져 있는 내 사진도 같이 발견할 수 있을 것이다. 그럼에도 불구하고 우리가 서로에게 각자의 삶을 전면적으로 열어 보여준 것은 아니었다. 우리는 대체로 가장 힘들 때를 지나서 연락을 하고는 했다. 문득 걸려온 전화를 받으면 그는 차분하게 몇 가지 일을 두루 뭉술하게 말해주고는 했다. 힘든 일이 있었는데 그래도 어떻게 잘 넘겼다고. 몇 개는 지금도 진행중인데 끝나면 말해주겠다고. 그러면 나는 "그래요, 형. 만나서 산책하고 차나 한잔 마셔요"라고 답해주었다. 실존적인 고통에는 끝내 타인과 나누어지지 않는 부분이 있다는 것을 직관적으로 알고 있었기 때문일까. 그건 현명함이라기보다는 어쩔 수 없는 수긍, 혹은 예의 같은 것이어서 거리를 두고 서로의 힘든 시간을 지켜보아주는 것이 때로는 우리가 할 수 있는 전부임을 알고 있는 연약한 몸짓이기도 했다. 그런 이유로 오랜 세월을 함께 해왔지만 내가 과연 그를 제대로 알고 있다고 말할 수 있을까, 하는 의문은 해결되지 않는 미안함으로 늘 남아 있다.

'삼계가 불타는 집이고 사해가 고해'인 세상 속에서 쓸 만한 위로가 있다면 좋겠지만 구도자적인 자세로도 해결할 수 없는 본질적인 슬픔 앞에서 그가 어떤 시간을 보냈는지는 시를 통해 확인할 수 있다. 「수지 큐」 같은 시를 통해 시적 화자가 혼자 맞이하는 새벽 네시로 가보자. 같은 연립의 4층 아주머니가 동네의 빈병을 모아 뒤뜰에 부려놓는 소리나 3층에서 변기 물이 쏟아지는 소리를 들으며 화자는 자책과 죄책감에 시달려 잠을 이루지 못하고 있는 것 같다. 잠꼬대하는 아이들의 모습이 나오는 것을 보면 그것은 아마도 아빠로서, 가장으로서의 역할을 제대로 하지 못해서 오는 죄책감인 것 같다. 슬픔은 너무나 거대해서 도저히 감당이 안 되는 순간이 이렇게 불쑥 찾아오는 것이다. "내가 모르는 내가 비에 젖은 거리를/밤새 걸어다니다가 돌아오면/병신이 되지 않은 게 기적이라는 생각이 든다"는 고백이나 "누가 한 말인지 모르겠으나 당신의 걷는 모습이 좋아, 당신 말하는 방식이 나도 좋아/사랑을 구하는 내 마음이 진창에서 빠져나오지 못하는 바퀴 같다"고 말하는 목소리를 같이 읽노라면 시인과 화자를 분리한다든지, 현실과 시를 분리하는 등의 거리 조정에 나는 그만 실패하고 만다.

자신의 잘못으로 자신만 고통받는다면 견딜 수 있겠지만 사랑하는 사람들을 힘들게 하고 행복하게 해주지 못하는 죄책감은 몇 배의 슬픔으로 다가온다. 미국 록 밴드 CCR의 1969년 앨범에 실린 〈수지 큐(Susie Q)〉의 가사를 변용한 것으로 보이는 저 말, "당신의 걷는 모습이 좋아, 당신 말하는 방식이 나도 좋아"와 같은 말을 누군가에게(아마도 아이들에게, 더 넓게는 세상의 사람들에게) 듣고 싶지만 듣지 못하는 이 한밤의 자조적인 혼잣말은 얼마나 쓸쓸한가. 살면서 그가 입 밖으로는 절대 말하지 않을 것 같은 '나도 사랑받고 싶다'는 속마음을 확인할 때 나는 무언가 '쿵' 하고 떨어지는 소리를 듣는다. 혹은 이런 구절에도 나는 오래 머물게 된다. "넌 신이 잘못 낳은 불량품이야/내 본질이 다 드러날 때까지 날 깎으면 대팻밥 같은 것만 남겠지/나도 양동이에서 시원하게 쏟아지는 물 같은 게 되고 싶었다"(「엉클 패닉」)는 문장을 이어서 읽을 때, 이것은 패닉 상태에 빠진 사촌의 한탄을 관찰한 기록이지만 동시에 사촌을 바라보는 시적 화자로서는 사촌의 인생이나 자신의 인생이나 똑같은 하나의 '거울상'일 수도 있겠다는 생각에서 오는 아픈 자기 고백처럼 읽히기도 하는 것이다. 그가 홀로 보냈을 밤과 시간의 무늬가 내 발밑으로 흘러와 어른어른대고 있다. 나는 그 빛을 파란 바가지에 길어올려 한참을 들여다보고 있지만 그저 미안하고 아플 뿐이다.

그럼에도 박판식은 깊은 슬픔과 함께 이게 전부 하나의 세트장, 혹은 가짜는 아닌가 의심할 수밖에 없는 상황에서도 이 세계를 버리는 쪽을 선택하지는 않는다. 내게는 이 지점이 놀라운데, "사랑의 마음이 없다면 정말로 나는 아무것도 아니다"(「때가 되었다」)라고 평범하게 말할 때 저 말의 뒤에 숨어 있는 안간힘이 절절하게 느껴져서 한동안 말을 이어가기가 쉽지 않다. 그러나 현생에 남기로 선택한 것은 어떤 거창한 이유가 있어서라기보다는 "트럼프와 김정은이 카펠라 호텔에서 악수하고 점심 먹는 동안/나는 딸아이와 뽀로로 보

118

고 있지요//모두가 평화, 평화를 위해서예요/식탁에 앉아 커피를 한 잔 내리며/아내가 외로워라고 말하면/나도라고 말하고 동그란 물방울처럼 웃지요"(「내게 강 같은 평화」)라는 농담을 통해서나 "나는 못된 남편이고 호통치는 아빠였습니다/오늘만은 나도 어린아이가 되어/머릿속을 몽롱하게 떠다니는 아내의 고민과 걱정을 씻어주고 싶습니다//저기, 프라이드치킨과 청량음료를 기다리며/새끼 곰들처럼 비쩍 마른 굴참나무 가지에 식구들이 하나씩 매달려 있네요"(「마르고 닳도록」)라고 말하며 자신을 사랑하고 기다려주는 가족들을 담담하지만 눈물겹게 바라보는 어떤 순간의 작은 기쁨들 때문이다. 비록 저 풍경들이 일종의 '환(幻)'이라 해도 이 순간의 평화와 애틋함과 기쁨은 이토록 생생하게 느껴지는 것이다. "낮잠 자고 있는 딸의 주먹을 펼쳐보니 영롱한/구슬이 땀에 절어 있다 인생은 정밀한 기계다"(「부모님 은혜」)라고 말할 때는 누가 일부러 만들려고 해도 만들 수 없을 것 같은 이 정교한 땀방울이 어떻게 이렇게 작은 손에 맺혀 있는지 신기해하며 이 모든 것을 준비한 인생을 '정밀한 기계'라고 생각하며 감탄하기도 한다(하지만 직접적인 감탄으로 드러나지는 않는다). 바로 이러한 대목에서 박판식은 일상에서 깨달음으로 도약하는 것이 아니라 일상에서 현생으로 다시 돌아온다. 비록 그 현생이 여전히 진창이고 번뇌와 망상으로 가득차 있는 "슬픈 기념비"(「개미에 관하여」), 혹은 "질 것 같은 전쟁"(「곧」)이어서 끝내 이해할 수 없는 것이라 해도 결코 사랑하기를 멈추지 않으며 이곳에 남아 있으려고 하는 것이다. 이 가짜 같은 인생에 속고, 또 그런 인생을 오독한다 해도 또 어떻겠는가. 박판식 시인은 말한다. 대상을 정확하게 이해해서 내 것이라고 착각하기보다는 오독의 풍요로움이 만들어내는 미감에 자신을 바쳐 이 수수께끼 같은 삶과 뒤엉켜 사랑하는 것이 또한 시인의 일이기도 하다고.

5. 사랑의 목소리에는 사랑의 마음으로

젊은 시절, 다른 때에는 늘 예의바르고 다정한데 시에 대한 이야기를 나눌 때면 그는 자신이 갈 수 있는 끝까지 직진했다. 불꽃 같은 그의 언어들이 좋았다. 어떻게 이 시가 진짜 시냐고, 가짜가 아니냐고 묻는 목소리 앞에서 회색빛 재가 되어 제대로 답하지 못할 때가 많았다. 물론 가끔은 급히 물을 떠서 그의 엔진을 식혀보려 했던 적도 있었지만 어림없는 일이었다. 충무로역 근처의 비좁은 뒷골목에서 잠시 불시착한 그의 숨소리에 귀를 기울여본 적도 있었다. 집으로 돌아오는 길에는 인광이 뚝뚝 떨어지는 눈빛과 함께 그의 목소리가 들려오는 것 같았다. 왜 가짜 시를 쓰고 있어. 그러고도 시인이라고 할 수 있어……. 내가 그에게 가장 많이 들었던 단어 중 하나가 바로 '미감(美感)'이었다. 아름다움에 대한 감각. 시는 아름다움을 위해 움직여야 하고 시인은 예민한 미감을 가져야 한다는 자각은 그렇게 생겼다. 그리고 그 아름다움을 위해 때로는 무엇인가를 크게 희생하게 될 수도 있다는 예감까지. 아름다움을 꿈꾸는 사람은 고통받는다. '진정한 아름다움'에 대한 열망이 크면 클수록 더 크게 고통받는다. 나는 미래를 알지도 못하면서 '미감'이라는 단어의 어감이 마냥 좋았다. 그 시절, 시에 대해 진지한 고민을 했다면 그것은 온전히 박판식 시인 덕분이다.

내가 보기에 그는 물질적 욕망이나 출세에는 관심을 두지 않고, 어떤 면에서는 의도적으로 그런 기회로부터 끊임없이 이탈하며, 오직 시 하나만을 생각하며 삶과 세상과 인간을 대상으로 숨은 지혜를 탐구하기 위해 매일매일 용맹정진하는 세속의 구도자이다. 그에게는 이 세상이 경전이다. 하지만 그는 나의 이러한 생각을 늘 부인한다. 자신은 아름다움을 꿈꾸는 사람이지 지혜를 탐구하는 학인이나 깨달음을 추구하는 종교인은 아닌 것 같다고. 그러면 나는 고개를 끄덕이며 그런 것 같다고 대답해주지만 내 생각을 크게 바꾸지는 않는다. 다행인 것은 그가 모든 인연을 끊고 어디 산속으로 들어가거나 암자로 가겠다는 말을 하지 않는다는 점이다. 그는 우리가 처음 만났던 이십 년 전이나 지금이나 한결같이 이 슬프고도 아름다운 세속에 남아 내게 전화도 걸어주고 내 전화도 받아준다. 그리고 같이 길을 걷다가 땅바닥에 온몸을 붙이고 두 손을 내밀고 있는 사람을 만나면 길을 되돌아가더라도 꼭 얼마를 놓아주고 온다.

이 시집의 원고를 처음 받은 것이 벌써 일 년 전의 일이
다. 눈이 많이 왔던 날들의 뒤끝이었고 여전히 남아 있는 무
채색 겨울의 느낌이 생생했던 그런 날이었다. 그는 나를 자
신이 사는 동네로 불러서 구경시켜주었다. 우리는 군데군데
눈이 녹아 젖은 길을 밟으며 오랜만에 같이 걸었다. 나는 그
간 혼자만 담아두기에는 벅찼던 말들을 그에게 쏟아냈고 그
는 연신 고개를 끄덕이며 내 말을 전부 들어주었다. 그러고
는 오래된 지하 식당가에 들러 김밥이며 만두, 과자와 빵까
지 한아름이 넘는 음식을 사서 내게 건네주었다. 그날도 역
시 우리의 시간은 한정되어 있었고 잠깐의 만남 끝에 각자
집으로 돌아가서 살펴야 할 일들이 있었다. 때문에 봉은사
에 들르는 계획도 나중으로 미뤄야 했다. 나에게 꼭 보여주
고 싶은 판전각이 있다는 말과 함께 곧 다시 만나자고 했던
약속이 벌써 일 년 전의 일이 되었다. 이제 그의 세번째 시
집 발문도 다 썼으니 아마도 곧 그와 만날 수 있을 것 같다.
이번에는 내 이야기를 쏟아내는 대신 그의 이야기를 들어줘
야겠다고 다짐한다. 하지만 그는 또 간단하게 "사는 게 다
여행이지"라고 말하며 봉은사 판전각에 있는 그림 이야기
를 한참 동안 내게 들려줄 것이다. 그것이 왜 아름답고 수수
께끼 같은지 조금은 신이 난 채로. 그게 왜 시처럼 보이는지
감탄하는 말과 함께. 나는 가만히 웃으면서 그 이야기를 들
으려고 한다. 가득한 사랑의 마음을 담아.

박판식 1973년 함양에서 태어났다. 2001년『동서문학』으로
등단했다. 시집으로『나는 나와 어울리지 않는다』『밤의 피
치카토』가 있다.

문학동네시인선 170

나는 내 인생에 시원한 구멍을 내고 싶다

ⓒ 박판식 2022

1판 1쇄 2022년 6월 2일
1판 2쇄 2022년 8월 12일

지은이 | 박판식
책임편집 | 김수아
편집 | 정은진
디자인 | 수류산방(樹流山房)
본문 디자인 | 유현아
마케팅 | 정민호 이숙재 박치우 한민아 이민경 안남영 김수현 정경주
브랜딩 | 함유지 함근아 김희숙 박민재 박진희 정승민
제작 | 강신은 김동욱 임현식
제작처 | 영신사

펴낸곳 | (주)문학동네
펴낸이 | 김소영
출판등록 | 1993년 10월 22일 제2003-000045호
주소 | 10881 경기도 파주시 회동길 210
전자우편 | editor@munhak.com
대표전화 | 031) 955-8888 팩스 | 031) 955-8855
문의전화 | 031) 955-3578(마케팅), 031) 955-2675(편집)
문학동네카페 | http://cafe.naver.com/mhdn
인스타그램 | @munhakdongne 트위터 | @munhakdongne
북클럽문학동네 | http://bookclubmunhak.com

ISBN 978-89-546-9983-9 03810

www.munhak.com

문학동네